A BAGAGEM DO VIAJANTE

Obras do autor publicadas pela Companhia das Letras

Alabardas, alabardas, espingardas, espingardas
O ano da morte de Ricardo Reis
O ano de 1993
A bagagem do viajante
O caderno
Cadernos de Lanzarote
Cadernos de Lanzarote II
Caim
A caverna
Claraboia
O conto da ilha desconhecida
Don Giovanni ou O dissoluto absolvido
Ensaio sobre a cegueira
Ensaio sobre a lucidez
O Evangelho segundo Jesus Cristo
História do cerco de Lisboa
O homem duplicado
O lagarto
Uma luz inesperada
In Nomine Dei
As intermitências da morte
A jangada de pedra
Levantado do chão
Uma luz inesperada
A maior flor do mundo
Manual de pintura e caligrafia
Memorial do convento
Objecto quase
As palavras de Saramago (org. Fernando Gómez Aguilera)
As pequenas memórias
Que farei com este livro?
O silêncio da água
Todos os nomes
Viagem a Portugal
A viagem do elefante

JOSÉ SARAMAGO

A BAGAGEM
DO VIAJANTE

Crônicas

2ª edição

Copyright © 1995 by José Saramago
e Editorial Caminho S.A., Lisboa

A editora manteve a grafia vigente em Portugal, observando as Regras do Acordo Ortográfico da Língua Portuguesa de 1990

Capa:
Adaptada de *Silvadesigners*,
autorizada por *Porto Editora S.A.*
e *Fundação José Saramago*

Caligrafia da capa:
Andréa del Fuego

Revisão:
Isabel Jorge Cury
Carmen S. da Costa

Atualização ortográfica:
Ana Maria Barbosa
Angela das Neves

Os personagens e situações desta obra são reais apenas no universo da ficção; não se referem a pessoas e fatos concretos, e sobre eles não emitem opinião.

Dados Internacionais de Catalogação na Publicação (CIP)
(Câmara Brasileira do Livro, SP, Brasil)

Saramago, José, 1922-2010
 A bagagem do viajante : crônicas / José Saramago. — 2ª ed. — São Paulo : Companhia das Letras, 2022.

ISBN 978-65-5921-176-0

1. Crônicas portuguesas I. Título.

22-109417 CDD-869.3

Índice para catálogo sistemático:
1. Crônicas : Literatura portuguesa 869.3

Cibele Maria Dias – Bibliotecária – CRB-8/9427

2022
Todos os direitos desta edição reservados à
EDITORA SCHWARCZ S.A.
Rua Bandeira Paulista, 702, cj. 32
04532-002 — São Paulo — SP
Telefone: (11) 3707-3500
www.companhiadasletras.com.br
www.blogdacompanhia.com.br
facebook.com/companhiadasletras
instagram.com/companhiadasletras
twitter.com/cialetras

ÍNDICE

Retrato de antepassados 9
A minha subida ao Evereste 13
Molière e a Toutinegra 17
E também aqueles dias 21
De quando morri virado ao mar 25
A velha senhora dos canários 29
"E agora, José?" 33
As personagens erradas 37
Um braço no prato 41
Saudades da caverna 45
Elogio da couve portuguesa 47
Não sabia que era preciso 49
O verão é capa dos pobres 51
O crime da pistola 53
Os foguetes de lágrimas 57
O melhor amigo do homem 61
História para crianças 65
As terras 69
Os portões que dão para onde? 71
Moby Dick em Lisboa 73
A guerra do 104 e do 65 75
O lagarto 79

No pátio, um jardim de rosas...	83
O fala-só...	87
Jogam as brancas e ganham...	91
História do rei que fazia desertos...	95
O rato contrabandista...	99
Natalmente crónica...	101
À glória de Acácio...	105
Teatro todos os dias...	109
A praça...	113
O ódio ao intelectual...	117
O décimo terceiro apóstolo...	121
Uma carta com tinta de longe...	123
Apólogo da vaca lutadora...	127
As memórias alheias...	131
Cavalos e água corrente...	135
O General della Rovere...	139
Os gritos de Giordano Bruno...	143
A máquina...	145
O tempo das histórias...	149
As coincidências...	153
A recuperação dos cadáveres...	157
Meditação sobre o roubo...	161
Ir e voltar...	165
Quatro cavaleiros a pé...	169
Só para gente de paz...	173
Do princípio do mundo...	177
A oficina do escultor...	181
Sem um braço no inferno...	185
Criado em Pisa...	187
O Jardim de Boboli...	191
Terra de Siena molhada...	193

O tempo e a paciência 195
Com os olhos no chão 197
O maior rio do mundo 201
Uma noite na Plaza Mayor 203
Ver as estrelas 207
A perfeita viagem 211

Estas crónicas foram publicadas, pela primeira vez, no diário *A Capital* (1969) e no semanário *Jornal do Fundão* (1971-2).

RETRATO DE ANTEPASSADOS

Nunca fui afecto a essa vaidade necrófila que leva tanta gente a pesquisar o passado e os que passaram, buscando os ramos e os enxertos da árvore que nenhuma botânica menciona — a genealógica. Entendo que cada um de nós é, acima de tudo, filho das suas obras, daquilo que vai fazendo durante o tempo que cá anda. Saber donde vimos e quem nos gerou, apenas nos dá um pouco mais de firmeza civil, apenas concede uma espécie de alforria para a qual em nada contribuímos, mas que poupa respostas embaraçosas e olhares mais curiosos do que a boa educação haveria de permitir. Ser filho de alguém bastante conhecido para que não fiquem em branco as linhas do cartão de identidade, é como vir ao mundo carimbado e com salvo-conduto.

Por mim, nada me incomoda saber que para lá da terceira geração reinam as trevas completas. É como se os meus avós houvessem nascido por geração espontânea num mundo já todo formado, do qual não tinham qualquer responsabilidade: o mal e o bem eram obra alheia que a eles só competia tomar nas mãos inocentes. Apraz-me pensar assim, principalmente quando evoco um bisavô materno, que não cheguei a conhecer, oriundo da África do Norte, a respeito de quem me contavam histórias fabulosas. Descreviam-mo como um homem alto, magríssimo e escuro, de rosto de pedra, onde um sorriso, de tão raro, era uma festa. Disseram-me que matou um homem em duvidosas circunstâncias, a frio, como quem arranca uma silva. E também me disseram que a vítima é que tinha razão: mas não tinha espingarda.

Apesar de tão espessa nódoa de sangue na família, gosto de pensar neste homem, que veio de longe, misteriosamente de longe, de uma África de albornozes e areia, de montanhas frias e ardentes, pastor talvez, talvez salteador — e que ali fora iniciar-se na velha ciência agrícola, de que logo se afastou para ir guardar lezírias, de espingarda debaixo do braço, caminhando num passo elástico e balançado, infatigável. Depressa descobriu os segredos dos dias e das noites, e depressa descobriu também a negra fascinação que exercia nas mulheres o seu mistério de homem do outro lado do mundo. Por isso mesmo houve aquele crime de que falei. Nunca foi preso. Vivia longe da aldeia, numa barraca entre salgueiros, e tinha dois cães que olhavam os estranhos fixamente, sem ladrar, e não deixavam de olhar até que os visitantes se afastavam, a tremer. Este meu antepassado fascina-me como uma história de ladrões mouros. A um ponto tal que se fosse possível viajar no tempo, antes o queria ver a ele do que ao imperador Carlos Magno.

Mais perto de mim (tão perto que estendo a mão e toco a sua lembrança carnal, a cara seca e a barba crescida, os ombros magros que em mim se repetiram), aquele avô guardador de porcos, de cujos pais nada se sabia, posto na roda da Misericórdia, homem toda a vida secreto, de mínimas falas, também delgado e alto como uma vara. Este homem teve contra si o rancor de toda a aldeia, porque viera de fora, porque era filho das ervas, e, não obstante, dele se enamorara minha avó materna, a rapariga mais bela do tempo. Por isso meu avô teve de passar a sua noite de núpcias sentado à porta da casa, ao relento, de pau ferrado sobre os joelhos, à espera dos rivais ciosos que tinham jurado apedrejar-lhe o telhado. Ninguém apareceu, afinal, e a lua viajou toda a noite pelo céu, enquanto minha avó, de olhos abertos, aguardava o seu marido. E foi já madrugada clara que ambos se abraçaram um no outro.

E agora meus pais nesta fotografia com mais de cinquenta anos, tirada quando meu pai já voltara da guerra — a que para sempre ficou sendo a Grande Guerra — e minha mãe estava grávida de meu irmão, morto menino, de garrotilho. Estão os dois de pé, belos e jovens, de frente para o fotógrafo, com um ar de gravidade solene, que é talvez temor diante da máquina que fixa a imagem impossível de reter sobre os rostos assim preservados. Minha mãe tem o cotovelo direito assente numa alta coluna e segura na mão esquerda, caída ao longo do corpo, uma flor. Meu pai passa o braço por trás das costas de minha mãe e a sua mão calosa aparece sobre o ombro dela como se fosse uma asa. Ambos pisam acanhados um tapete de ramagens. Ao fundo, a tela mostra vagas arquiteturas neoclássicas. Um dia tinha de chegar em que contaria estas coisas. Nada disto tem importância, a não ser para mim. Um avô berbere, um outro avô posto na roda (filho oculto de uma duquesa, quem sabe?), uma avó maravilhosamente bela, uns pais graves e formosos, uma flor num retrato — que mais genealogia me importa? a que melhor árvore poderei encostar-me?

A MINHA SUBIDA AO EVERESTE

Seja por causa da pressão atmosférica ou efeito de embaraço gástrico, há dias em que nos pomos a olhar o transcurso passado da nossa vida e o vemos vazio, inútil, assim como um deserto de esterilidades por cima do qual brilha um grande sol autoritário que não nos atrevemos a olhar de frente. Qualquer recanto nos serviria então para recolher a vergonha de não termos alcançado um simples patamar donde outra paisagem mais fértil se mostrasse. Nunca como nessas ocasiões se toma maior consciência de quanto é difícil este aparentemente imediato ofício de viver, que não parece sequer requerer aprendizagem. É nesses momentos que fazemos decididos projetos de exaltação pessoal e nos dispomos a modificar o mundo. O espelho é de muito auxílio no dispor das feições adequadas ao modelo que vamos seguir.

Mas sobe a pressão, o bicarbonato equilibrou a acidez — e a vida vai andando, cambaia, como se levasse um prego no tacão e uma invencível preguiça de o arrancar. De modo que o mundo será de facto transformado mas não por nós.

Não estarei, contudo, cometendo grave injustiça? Não haverá no deserto uma súbita ascensão que de longe ainda precipite a vertigem ímpar que é o lastro denso que nos justifica? Por outras palavras, e mais simples: não seremos todos nós transformadores do mundo? um certo e breve minuto da existência não será a nossa prova, em vez de todos os sessenta ou setenta anos que nos couberam em quinhão?

Mal é se vamos encontrar esse minuto num passado longe, ou no momento não temos olhos para outras ascensões mais próximas. Mas talvez haja aí uma escolha deliberada, consoante o lugar onde falamos do nosso deserto pessoal ou os ouvidos que nos escutam. Hoje, por exemplo, seja qual for a razão, estou a ver, à distância de trinta e muitos anos, uma árvore gigantesca, toda projetada em altura, que parecia, na lezíria circular e lisa, a haste de um grande relógio de sol. Era um freixo de couraça rugosa, toda fendida na base, e que desenvolvia ao longo do tronco uma sucessão de tufos ramosos, como andares que prometiam uma escada fácil. Mas eram, pelo menos, trinta metros de altura.

Vejo um garoto descalço rodear a árvore pela centésima vez. Ouço o bater do seu coração e sinto-lhe as palmas húmidas das mãos e um vago cheiro de seiva quente que sobe das ervas. O rapazinho levanta a cabeça e vê lá no alto o topo da árvore que se agita lentamente como se estivesse caiando o céu de azul.

Os dedos do pé descalço firmam-se na casca do freixo, enquanto o outro pé balouça o impulso que fará chegar a mão ansiosa ao primeiro ramo. Todo o corpo se cinge contra o tronco áspero, e a árvore decerto ouve as pancadas surdas do coração que se lhe entrega. Até ao nível das outras árvores antes conquistadas, a agilidade e a segurança alimentam-se do hábito. Mas, a partir daí, o mundo alarga-se subitamente, e todas as coisas, até então familiares, se vão tornando estranhas, pequenas, é como um abandono de tudo — e tudo abandona o rapaz que sobe.

Dez metros, quinze metros. O horizonte roda devagar, e cambaleia quando o tronco, cada vez mais delgado, oscila ao vento. E há uma vertigem que ameaça e não se decide nunca. Os pés arranhados são como garras que se prendem nos ramos e não os querem largar, enquanto as mãos buscam frementes a altura, e o corpo se contorce contra o corpo vertical da árvore. O suor escorre, e de repente um soluço seco irrompe à altura dos ninhos e dos cantos das aves. É o soluço do medo de não ter coragem. Vinte metros. A terra está definitivamente longe. As casas rasteiras são insignificantes, e as pessoas é como se tivessem desaparecido, e de todas apenas restasse o rapaz que sobe — precisamente porque sobe. Os braços já podem cingir o tronco, as mãos já se unem do outro lado. O topo está perto, oscilante como um pêndulo invertido. Todo o céu azul se adensa por cima da última folha. O silêncio cobre a respiração arquejante e o sussurro do vento nos ramos. É este o grande dia da vitória. Não me lembro se o rapaz chegou ao cimo da árvore. Uma névoa persistente cobre essa memória. Mas talvez seja melhor assim: não ter alcançado o pináculo então, é uma boa razão para continuar subindo. Como um dever que nasce de dentro e porque o sol ainda vai alto.

MOLIÈRE E A TOUTINEGRA

Ponho-me a pensar nos pares célebres que enchem a história e a literatura — Paulo e Virgínia, Heitor e Andrómaca, Otelo e Desdémona, Pedro e Inês, e tantos, tantos mais, sem esquecer aqueles outros ajuntamentos e conúbios que a natureza apenas suporta nas mitologias, como os de Leda e o Cisne, de Europa e o Touro — ponho-me a pensar em tudo isto e sorrio sozinho, enquanto olho pela janela da minha casa o diálogo de planos que os telhados vão alternando pela encosta. Tenho na lembrança uma outra janela, estreita, metida entre esconsos que mal me deixavam olhar a rua (sexto andar, água-furtada, perto do céu), donde, por todo o tempo que ali vivi, pouco mais podia ver que telhados e nuvens, mais um sol que fazia todos os dias o mesmo caminho e que deslocava, de um lado para o outro, até subir a parede e desaparecer, uma faixa de luz sobre o chão esfregado onde eu brincava.

Conto isto em períodos longos, respirando profundamente para mergulhar no passado fugidio da infância, onde as verdades se diluem e resplendem como moedas de ouro deixadas entre limos. Foi naquela cadeira que pousei o pacotinho de pastilhas de chocolate que a Senhora Dona Albertina me deu na cozinha onde eu a visitava. Também podia andar pelo jardim, que era pequeno e húmido, com as áleas cheias de musgo e terriço, por onde se arrastavam, vagarosos e cinzentos, com muitas perninhas esbranquiçadas, quase translúcidas, os bichos-de-conta que tantas vezes não queriam enrolar-se, com grande escândalo da minha confiança nos instintos naturais que os mandavam fazer-se em bola à mais pequena carícia no dorso couraçado de anéis. E noite dentro me levantei da cama devagar, para não acordar meus pais que dormiam no mesmo quarto, e fui buscar, apalpando a escuridão que me cobria de teias de aranha as mãos e o rosto, o pacote das pastilhas de chocolate, e em três passos furtivos, com o coração a bater muito, voltei para a cama estreita, e entre os lençóis escorreguei, feliz, a comer, até que adormeci. Quando acordei de manhã, tinha esborrachado debaixo de mim o que restava do pacote, pegajoso e mole com o calor da cama. Chorei de desgosto, mas minha mãe não me bateu, a ainda hoje lhe beijo as mãos por isso.

Tinha oito anos e já sabia ler muito bem. Escrever, não tanto, mas fazia poucos erros para a idade, só a caligrafia era má, e assim veio a ficar sempre. Escrevia naqueles antigos cadernos de formosas letras desenhadas, e repetia-as com milagres de atenção, mas no fim da linha já começava a inventar um alfabeto novo, que nunca cheguei a organizar completamente. Mas lia muito bem os jornais e sabia tudo quanto se passava no mundo. Julgava eu que era tudo.

Também tinha livros: havia um guia de conversação de português-francês, que ali fora parar não sei como, e cujas páginas, divididas em três partes, eram para mim um enigma que apenas parcialmente decifrava, pois tinha à esquerda uma coluna que eu podia entender, em português, depois outra em francês, que era como chinês, e finalmente a pronúncia figurada, muito pior do que todos os criptogramas do mundo. Havia outro livro, um só, muito grande, encadernado de azul, que eu pousava largamente em cima dos joelhos para poder lê-lo, e no qual se narravam profusamente as aventuras românticas duma menina pobre que vivia num moinho e que era tão bela que lhe chamavam a Toutinegra. Por isso é que o livro se intitulava *A Toutinegra do moinho*: o autor, se a memória não me engana, era um Émile de Richebourg, homem das Arábias para histórias de chorar. E o livro, quando não estava em uso, passava o tempo numa gaveta da cómoda, embrulhado em papel de seda, e largava, ao ser retirado, um cheiro de naftalina que provocava tonturas.

Minha mãe entregava-mo com unção e mil recomendações. Talvez venha daí o respeito supersticioso que ainda hoje tenho pelos livros: não suporto que os dobrem, os risquem, os maltratem na minha frente. Durante muito tempo (dias? semanas? meses? que tamanho tem o tempo na infância?) me intrigou o guia de conversação. Lia nele coisas que me agradavam, que me divertiam: casos passados em caminhos de ferro e diligências, cavalos cansados, bagagens perdidas, rodas que se quebravam em sítios descampados, chegadas a estalagens, quartos que era preciso aquecer com grandes fogos de lenha. Apesar de não encontrar casos destes entre a casa e a escola, eu achava que devia ser bom viver assim, com tantos imprevistos da fortuna.

Mas o que mais me fascinava eram uns diálogos às vezes compassados e solenes, outras vezes vivos e rápidos como o reflexo do sol varrido por uma janela que se fecha. Quando tal acontecia, punha-me a sorrir de uma certa maneira que só agora entendo: sorria como o adulto que ainda estava longe.

Foi muitos anos depois que descobri que afinal já conhecia Molière desde a água-furtada: conversara comigo, fora meu guia de leitura, enquanto a Toutinegra dormia divorciada entre dois lençóis, na gaveta da cómoda, com cheiro a naftalina e a tempo não de todo perdido.

E TAMBÉM AQUELES DIAS

E houve também aqueles dois gloriosos dias em que fui ajuda de pastor, e a noite de permeio, tão gloriosa como os dias. Perdoe-se a quem nasceu no campo, e dele foi levado cedo, esta insistente chamada que vem de longe e traz no seu silencioso apelo uma aura, uma coroa de sons, de luzes, de cheiros miraculosamente conservados intactos. O mito do paraíso perdido é o da infância — não há outro. O mais são realidades a conquistar, sonhadas no presente, guardadas no futuro inalcançável. E sem elas não sei o que faríamos hoje. Eu não o sei.

Meus avós tinham decidido, porque a venda dos bácoros havia sido fraca, que o resto das ninhadas seria vendido na feira de Santarém, por melhor preço e sem mais gasto de dinheiro. Porque o caminho seria andado a pé, quatro léguas de campo, a passo de porco pequeno, para que os animais chegassem à feira com sorte de comprador. Perguntaram-me se eu queria ir de ajuda com o tio mais novo — e eu disse que sim, nem que fosse de rastos. Ensebei as botas para a caminhada e escolhi no alpendre o pau que mais jeito dava aos meus doze anos esgalgados. Sempre foram caladas as minhas alegrias, e por isso não soltei os gritos que me estavam no peito, que até hoje não pude deixar sair.

Começámos a jornada a meio da tarde, meu tio atrás, com o cuidado de não deixar perder nenhum bácoro, eu à frente, levando a marrã nos calcanhares. Imaginava-me como uma figura de proa avançando pelas estradas e caminhos como sabia que faziam nos mares os barcos de piratas de que falavam os meus livros de aventuras. Uma vez por outra, meu tio revezava-me e eu tinha de comer o pó que as patinhas miúdas dos animais levantavam do caminho. No meio deles, mãe verdadeira de alguns e emprestada de todos os outros, a marrã conservava-os unidos.

Era quase noite fechada quando chegámos à quinta onde ficaríamos para o dia seguinte. Metemos os animais num barracão e comemos o farnel leve, perto de uma janela iluminada, porque não tínhamos querido entrar (ou não nos deixaram?). Enquanto comíamos, veio um criado dizer-nos que poderíamos dormir na cavalariça. Deu-nos duas mantas lobeiras e foi-se embora. Soltaram-se os cães, e nós não tivemos mais remédio que ir dormir. A porta da cavalariça ficaria aberta toda a noite, e assim nos convinha, pois teríamos de sair pela madrugada, muito antes de nascer o sol, para chegarmos a Santarém no principiar da feira.

A nossa cama era um extremo da manjedoura que acompanhava toda a parede do fundo. Os cavalos resfolgavam e davam patadas no chão empedrado, coberto de palha. Deitei-me como num berço, enrolado na manta, respirando o cheiro forte dos cavalos, toda a noite inquietos, ou assim me pareciam nos intervalos do sono. Sentia-me cansado, com os pés moídos. A escuridão era quente e espessa, os cavalos sacudiam as cabeças com força, e o meu tio dormia. Os ruídos da noite passavam por sobre o telhado. Adormeci como um santo: assim minha avó diria se ali estivesse.

Acordei quando meu tio me chamou, madrugada alta. Sentei-me na manjedoura e olhei para a porta, com os olhos piscos de sono e deslumbrados por uma luz inesperada. Saltei para o chão e vim ao pátio: na minha frente estava uma lua redonda e enorme, branca, entornando leite sobre a noite e a paisagem. Era tudo branco refulgente onde a lua dava e negro espesso nas sombras. E eu que só tinha doze anos, como já ficou dito, adivinhei que nunca mais veria outra lua assim. Por isso é que hoje me comovem pouco os luares: tenho um dentro de mim que nada pode vencer.

 Fomos buscar os porcos e descemos ao vale, cautelosamente, porque havia silvas e barrocos, e os animais estranhavam a matinada e perdiam-se facilmente. Depois tudo se tornou simples. Seguimos ao longo de vinhas maduras, por um caminho coberto de pó que a frescura da noite mantinha rasteiro, e eu saltei ao meio das cepas e colhi dois grandes cachos que meti na blusa enquanto corria os olhos em redor, a ver se o guarda aparecia. Voltei ao caminho e dei um cacho a meu tio. Fomos andando e comendo os bagos frios e doces, que pareciam cristalizados, de tão duros.
 Começámos a subir para Santarém quando o sol nascia. Estivemos na feira toda a manhã e parte da tarde. Não vendemos os bácoros todos. Por isso tivemos de regressar também a pé, e foi aí que aconteceu aquilo que não tornou mais a acontecer. Por cima de nós formou-se um anel de nuvens que quase ao sol-pôr enegreceram e começaram a largar chuva, e então por muito tempo andámos sem que uma gota nos apanhasse, enquanto à nossa volta, circularmente, uma cortina de água nos fechava o horizonte. Por fim as nuvens desapareceram. A noite vinha devagar entre as oliveiras. Os animais faziam aqueles ruídos que parecem uma interminável conversa. Meu tio, à frente, assobiava devagarinho.
 Por causa de tudo isto me veio uma grande vontade de chorar. Ninguém me via, e eu via o mundo todo. Foi então que jurei a mim mesmo não morrer nunca.

DE QUANDO MORRI VIRADO
AO MAR

Deixei a lagoa pelo meio da manhã, quando o sol limpara já todo o céu. Sobre a água, que as rápidas aragens mal agitavam, não tinham ficado vestígios da neblina cerrada que, no amanhecer, cobrira toda a superfície. Valera a pena acordar cedo e ver o nevoeiro rolar sobre a lagoa em flocos soltos, como se cuidadosamente o sol os varresse até nada mais ficar entre a água e o céu azul. Arrumei os petrechos, atirei-os para as costas, e, descalço, comecei a longuíssima caminhada pela praia fora, entre o bater das ondas e a panorâmica vagarosa das arribas vermelhas.
A maré enchia, mas havia ainda extensas toalhas de areia molhada e dura, por onde era fácil caminhar. O sol estava quente. De cabeça descoberta, o corpo um pouco inclinado para compensar o peso da mochila, marchava em passo certo, como era meu hábito, procurando esquecer-me de que as pernas me pertenciam, deixando-as viver da sua vida própria, do seu movimento mecânico. Foi assim que sempre gostei de caminhar, vinte ou trinta quilómetros sem um descanso, apenas o rápido sorvo na bica de uma fonte, e ala.
Também não parei para almoçar: faltava-me o apetite por tanto sol que apanhara nos dias anteriores, faltava-me sobretudo a paciência para cozinhar na praia. Limitei-me a comer duas laranjas que se desfaziam em doçura. Trincava as cascas ao mesmo tempo que a polpa e cuspia para longe os caroços, como um garoto feliz. Quando as correias da

mochila deram em cortar-me a pele queimada, tirei a camisa, fiz dela uma rodilha, que acomodei no ombro esquerdo, e ali assentei o peso. Segui para diante, aliviado das dores. O sol ardia com mais fogo. Sentia-o nas costas como a palma de uma mão esbraseada, ao passo que começava a nascer e a irradiar uma espécie de adormecimento na nuca. O suor arrepiava a pele naquele sítio. Aproximei-me da rebentação e esfreguei a cara, os ombros, a nuca. Atirei chapadas de água para as costas. A mochila aumentara de peso. Passei-a para o ombro direito e, tropegamente, a camisa caiu na areia escaldante. Fiquei a olhá-la, como se nunca a tivesse visto, enquanto as correias me vincavam o ombro. Cheguei mesmo a dar alguns passos, e foi preciso um grande esforço para compreender que devia voltar para trás e levantá-la do chão. Senti-me esquisito, pairando no ar, e esta sensação não me deixou, nem mesmo quando me sentei e deixei cair de costas. Havia dentro de mim uma náusea um pouco embaladora que me obrigou a rolar para um lado. O sol estivera a dar-me nas pálpebras fechadas: entre os meus olhos e o céu havia uma cortina rósea, a cor delgada do sangue que me corria confusamente dentro do corpo.

    Passou-me o rápido pensamento de que estava a sentir os primeiros efeitos de uma insolação. Inquieto, levantei-me de golpe, sacudi-me como um cão, e recomecei a caminhada. Entretanto, a maré empurrara-me para a areia seca, que vibrava sob o calor. Das arribas vinha o zumbido de milhares de insetos que o sol endoidecia. Nas pausas da rebentação, a zoada, áspera como um rangido de serra circular, atordoava-me e acentuava a sensação de náusea que não me deixara.

    Foram muitos quilómetros assim. Por várias vezes parei e decidi não dar mais um passo. Mas logo a ardência me obrigava a levantar-me. Dos lados das arribas, nem uma sombra. O sol queimava-as de frente agora, e continuava a verrumar-me a nuca. Perdi a consciência. Andava como um autómato, já sem suor, com a pele sequíssima, exceto as

grossas gotas que se formavam nas fontes e corriam devagar, viscosas, pelo rosto abaixo.
Toda a tarde se passou assim. O sol principiava a baixar quando atingi a povoação que devia ser a minha primeira etapa. Ali podia alimentar-me, matar a sede, descansar numa sombra. Mas nada disto fiz. Calcei-me como num sonho, gemendo com dores nos pés queimados, e meti-me à estrada, que, em curvas dobradas, subia as arribas. Parei uma vez ainda, meio perdido, olhando do alto o mar que se mudava numa cor escura. Continuei a subir, e achei-me fora da estrada, sem saber como, a meter por entre pedras até à beira da altíssima arriba a pique. O chão inclinava-se perigosamente, antes de se furtar na vertical.
Foi ali que decidi passar a noite. Deitei-me com os pés para o lado do mar e do desastre, enrolei-me na manta e, a arder da febre do sol, fechei os olhos. Adormeci e sonhei. Quando tornei a abrir os olhos, o sol roçava já o horizonte. "Que faço eu aqui?", perguntei em voz alta. E foi em movimentos de pavor que reuni as coisas e voltei à estrada, fugindo.
Enquanto andava, ia pensando que ali eu não era eu, que o meu corpo ficara morto virado ao mar, no alto da arriba, e que o mundo estava todo cheio de sombras e confusão. A noite apanhou-me na margem do rio, com uma cidade diante que eu não reconhecia, como as torres ameaçadoras dos pesadelos.
Ainda hoje, tantos anos passados, me pergunto que vulto de mim terá ficado disperso na brancura das areias ou imobilizado em pedra na arriba cortada pelo vento. E sei que não há resposta.

A VELHA SENHORA DOS CANÁRIOS

Se não fosse o ancestral respeito que nos tolhe familiaridades diante dos grandes deste mundo, chamaríamos marquesas àquelas varandas cobertas e envidraçadas que geralmente os arquitectos instalam nas traseiras dos prédios, concluindo assim o perímetro isolador das casas e facilitando, quantas vezes, a resolução dos problemas de dormida da criada ou de um parente que veio da província. Mas as marquesas, agora poucas e de pouca influência para fora dos círculos intangíveis da sociedade, ainda transportam consigo o prestígio dos tempos em que marquês era logo abaixo de duque, e este a seguir a rei. Por isso, chamamos àquelas varandas marquises, que significa o mesmo, mas disfarçado de francês. Realmente não seria correto dizer, em casa de marquesa, que a marquesa estava mal arrumada ou a precisar de espanador: põe-se no lugar da marquesa a marquise, e é logo como quem fala doutra coisa. As palavras têm destas habilidades.

Mal me viria, porém, e mal empregado o espaço desta página, se hoje me desse só para falar de tais coisas. A marquise não é mais do que uma varanda protegida do sol e da chuva, e as marquesas, se vivem, vivem nas salas da frente, sem nada terem que ver com estes canários que, na marquise, começam justamente agora a dar sinal da sua presença.

Um deles tem a asa esquerda ligeiramente descaída, pesa-lhe, e inclina a cabeça de modo a ver-me melhor. Olho-me miniaturizado no círculo brilhante que de vez em quando se cobre, de baixo para cima, com uma rápida pálpebra acinzentada. Meto um dedo entre os arames da gaiola e suporto as bicadas débeis com que a ave recebe a invasão. Irá esvoaçar assustada quando a mão inteira pairar lá dentro, como um dragão. Então o coração agita-se aterrorizado e as asas atiram pancadas contra os arames. E se a mão se transforma em ninho e envolve a ave como um casulo, o contacto dá-lhe calma, embora interrompida por sobressaltos pouco convictos.

O outro canário é mais novo. Prefere o poleiro alto, ou o baloiço, e ali, de cabeça erguida, fazendo oscilar bruscamente as penas longas da cauda, tem a vida toda à sua frente, e sabe-o. Se repito a manobra de introduzir os dedos pelos arames, dispara uma bicada única, violenta, e afasta-se ao longo do poleiro, com o ar de ter ganho a batalha logo na primeira escaramuça. Se fosse uma pessoa, diria dele que não dá confiança. Tão sensível ao medo como o companheiro, exprime-o lutando a frio. E se o agarro, sacode-se sem parar, inconformado. Logo que se apanha a salvo, atira um grito de cólera enquanto espaneja as penas desalinhadas.

Não vai mais longe a minha relação com estas aves. Uma ou duas vezes por semana dou-lhes meia dúzia dos meus segundos, distraidamente. Sei que não me estimam nem respeitam, sobretudo desde o dia em que vi a dona dos canários tratar deles, com gestos tão firmes e serenos, que as aves não esvoaçavam: limitaram-se a mudar de lugar, também serenamente, permitindo que a mão rugosa e sábia retirasse o comedouro e o bebedouro de faiança branca e os repusesse frescos e cheios, com os mesmos gestos sossegados. E a porta das gaiolas fechou-se com um pequeno estalido de mola protetora.

Por isto que vi, posso imaginar certas horas na casa silenciosa. A dona dos canários vive sozinha. É já muito velha, mas firme como os seus gestos, e anda sem ruído, calma, eficiente. Tem quase sempre um fito, um pequeno trabalho que a ocupa, mas, com tanta idade, tem também horas de pausa, que seriam repouso se não fossem antes contemplação de um passado que se amplia constantemente, abrangendo, além da vida própria, também as múltiplas vidas que por muito ou pouco tempo interferiram na sua. Então, a senhora dos canários vai sentar-se numa cadeira da marquise, com as mãos abandonadas no regaço, meio abertas e voltadas para cima como cascas de amêndoa, como barcas encalhadas. Fica muito direita, enquanto as recordações começam a afluir em vagas mansas que a submergem e escorrem por ela, pelos olhos brandos, pelas faces ainda lisas entre os sulcos fundos das rugas, até caírem nas mãos que são como taças de um jardim fechado. A casa, nestes momentos, parece cobrir-se de musgo. Um dos canários lança um trinado tímido. O outro responde. E como na casa nada se mexe e a senhora olha fixamente não se sabe o quê, as aves arremetem um canto interminável, rio sonoro que alastrasse em mil braços numa planície de silêncio. A senhora não se move. Talvez não ouça os pássaros, mas eles cantam, cantam, cantam.

"E AGORA, JOSÉ?"

Há versos célebres que se transmitem através das idades do homem, como roteiros, bandeiras, cartas de marear, sinais de trânsito, bússolas — ou segredos. Este, que veio ao mundo muito depois de mim, pelas mãos de Carlos Drummond de Andrade, acompanha-me desde que nasci, por um desses misteriosos acasos que fazem do que viveu já, do que vive e do que ainda não vive, um mesmo nó apertado e vertiginoso de tempo sem medida. Considero privilégio meu dispor deste verso, porque me chamo José e muitas vezes na vida me tenho interrogado: "E agora?". Foram aquelas horas em que o mundo escureceu, em que o desânimo se fez muralha, fosso de víboras, em que as mãos ficaram vazias e atónitas. "E agora, José?" Grande, porém, é o poder da poesia para que aconteça, como juro que acontece, que esta pergunta simples aja como um tónico, um golpe de espora, e não seja, como poderia ser, tentação, o começo da interminável ladainha que é a piedade por nós próprios.

Em todo o caso, há situações de tal modo absurdas (ou que o pareceriam vinte e quatro horas antes), que não se pode censurar a ninguém um instante de desconforto total, um segundo em que tudo dentro de nós pede socorro, ainda que saibamos que logo a seguir a mola pisada, violentada, se vai distender vibrante e verticalmente afirmar. Nesse momento veloz tocara-se o fundo do poço.

Mas outros Josés andam pelo mundo, não o esqueçamos nunca. A eles também sucedem casos, desencontros, acidentes, agressões, de que saem às vezes vencedores, às vezes vencidos. Alguns não têm nada nem ninguém a seu favor, e esses são, afinal, os que tornam insignificantes e fúteis as nossas penas. A esses, que chegaram ao limite das forças, acuados a um canto pela matilha, sem coragem para o último ainda que mortal arranco, é que a pergunta de Carlos Drummond de Andrade deve ser feita, como um derradeiro apelo ao orgulho de ser homem: "E agora, José?". Precisamente um desses casos me mostra que já falei demasiado de mim. Um outro José está diante da mesa onde escrevo. Não tem rosto, é um vulto apenas, uma superfície que treme como uma dor contínua. Sei que se chama José Júnior, sem mais riqueza de apelidos e genealogias, e vive em São Jorge da Beira. É novo, embriaga-se, e tratam-no como se fosse uma espécie de bobo. Divertem-se à sua custa alguns adultos, e as crianças fazem-lhe assuadas, talvez o apedrejem de longe. E se isto não fizeram, empurraram-no com aquela súbita crueldade das crianças, ao mesmo tempo feroz e cobarde, e o José Júnior, perdido de bêbedo, caiu e partiu uma perna, ou talvez não, e foi para o hospital. Mísero corpo, alma pobre, orgulho ausente — "E agora, José?".

    Afasto para o lado os meus próprios pesares e raivas diante deste quadro desolado de uma degradação, do gozo infinito que é para os homens esmagarem outros homens, afogá-los deliberadamente, aviltá-los, fazer deles objeto de troça, de irrisão, de chacota — matando sem matar, sob a asa da lei ou perante a sua indiferença. Tudo isto porque o pobre José Júnior é um José Júnior pobre. Tivesse ele bens avultados na terra, conta forte no banco, automóvel à porta — e todos os vícios lhe seriam perdoados. Mas assim, pobre, fraco e bêbedo, que grande fortuna para São Jorge da Beira. Nem todas as terras de Portugal se podem gabar de dispor de um alvo humano para darem livre expansão a ferocidades ocultas.

    Escrevo estas palavras a muitos quilómetros de distância, não sei quem é José Júnior, e teria dificuldade em encontrar no mapa São Jorge da Beira. Mas estes nomes apenas designam casos particulares de um fenómeno geral: o desprezo pelo próximo, quando não o ódio, tão constantes ali como aqui mesmo, em toda a parte, uma espécie de loucura epidémica que prefere as vítimas fáceis. Escrevo estas palavras num fim de tarde cor de madrugada com espumas no céu, tendo diante dos olhos uma nesga do Tejo, onde há barcos vagarosos que vão de margem a margem levando pessoas e recados. E tudo isto parece pacífico e harmonioso como os dois pombos que pousam na varanda e sussurram confidencialmente. Ah, esta vida preciosa que vai fugindo, tarde mansa que não será igual amanhã, que não serás, sobretudo, o que agora és.

Entretanto, José Júnior está no hospital, ou saiu já e arrasta a perna coxa pelas ruas frias de São Jorge da Beira. Há uma taberna, o vinho ardente e exterminador, o esquecimento de tudo no fundo da garrafa, como um diamante, a embriaguez vitoriosa enquanto dura. A vida vai voltar ao princípio. Será possível que a vida volte ao princípio? Será possível que os homens matem José Júnior? Será possível?

Cheguei ao fim da crónica, fiz o meu dever. "E agora, José?"

AS PERSONAGENS ERRADAS

Não me correra bem o dia. Suponho que não há a quem pedir responsabilidades, mas gostaria muito que alguém me dissesse por que negras sortes certas manhãs vêm tão secas, tão inimigas, tão armadas de navalhas, e assim continuam até à noite, pena de prisão perpétua. Metemo-nos na noite como quem se enrola num casulo e pomo-nos a levantar as muralhas que o dia derrubou, deixando-nos frágeis, quebradiços, mais aflitos do que uma tartaruga voltada de barriga ao ar. (Outras comparações: peixe largado em seco, cobra de espinha partida, porco à mercê da castração.)
Saí para jantar, embora o amargo da bílis na boca me diminuísse de antemão o prazer do apetite. Segui rente aos prédios, que é o meu modo de me tornar invisível, pisando os primeiros lixos da noite, enquanto, deliberadamente, matava à nascença as ideias que preferiam caminhos coerentes. De passagem deitava olhares rápidos para dentro das tabernas e pastelarias que ofereciam televisão aos fregueses: sempre o mesmo ambiente de aquário, a mesma luz lívida das lâmpadas fluorescentes, os mesmos pescoços torcidos em ângulos iguais, os mesmos rostos esborratados ou de expressão fixa. A mesma aflição.
Em dias assim não me salvo nem sou boa companhia. Gosto de saber que os amigos estão longe, que os inimigos não me encontram, e que nem uns nem outros me virão reclamar as provas da amizade e do ódio que são a moeda do nosso comércio. E se alguma coisa desejo realmente nestas

ocasiões, é encontrar as palavras mínimas, brevíssimas, as onomatopeias, se possível, que me expliquem o mundo desde o começo. Porque, quanto ao futuro, posso marcar três datas para me distrair: uma, em que provavelmente ainda estarei vivo; outra, em que talvez já não esteja; a terceira, em que não estarei de certeza. Até ao dia que for, trabalhar sempre, mesmo para coisas que não verei.

Calhou ter escolhido um daqueles restaurantes de preços médios, à vista, mas que facilmente se tornam ruinosos se caímos no engodo do tachinho de azeitonas ou do vinho de rótulo. Pedi já nem sei quê, talvez uma dessas comidas que a memória da infância teima em insinuar, como um tropismo, mas que são, invariavelmente, uma decepção melancólica. Desforro-me no vinho gelado, que abranda e reconforta, luz interior que percorre o corpo e deixa rastos cintilantes nas veias. Veio enfim o café. É o melhor momento da refeição, aquele em que se ergue a cabeça para olhar o que nos rodeia. Ali, era péssimo o que havia para ver: uma decoração extravagante, carregada de luminárias coloridas, de azulejos e mosaicos com motivos de tapeçaria rica, tetos forrados de lâminas de cortiça, e, em alcandorados canteiros, plantas de plástico, eternas, sem cheiro e abomináveis.

Pedi a conta, pedi rapidez, e enquanto a máquina registadora me preparava o enigma das abreviaturas, cifras, percentagens e somas fora do lugar, olhei para a minha esquerda, donde viera um arrastar ostensivo de cadeiras. Sentavam-se três mulheres de meia-idade, cinquenta-sessenta, uma delas imensa, transbordante, as outras baixinhas e amarrotadas. Odiei-as logo, por instinto. E adivinhei quem eram, o que eram, como eram. Eram as personagens erradas, aquelas que vivem por interposta imitação, as alienadas por opção.

Tinham ido ao restaurante só para mostrar que fumavam. Fazendo maiúsculas com os gestos, tiraram das malas os maços e os isqueiros (todas tinham isqueiro) e puxaram dos cigarros ao mesmo tempo, masculinamente, sem inibições. Acenderam, lançaram grossas baforadas de fumo, pediram cafés, bagaços, conversaram. Uma delas disse que fumava dois maços por dia, e a gorda, com o ar de quem já por lá passou e agora se recata, foi de opinião que dois maços eram de mais, ao que a outra respondeu que não podia evitar, não podia, eram os nervos, sentia que estava "viciada", paciência.

Haviam aprendido a fumar dolorosamente, em casa, às escondidas, com violentos ataques de tosse, arrancos mortais, vómitos, náuseas, dores de cabeça, mas o sacrifício iria levá-las à afirmação definitiva de si mesmas, ao pódio dos vencedores, à dignidade dos homens. Agora vivem os dias à espera da hora da grande prova pública, ali no restaurante, com cafés, bagaços e cigarros, falando alto para nada se perder do exemplo.

O empregado estende-me o pires com a conta hipocritamente dobrada. Por que será que se dobram as contas? Por que será que falsificamos tudo? Hã? Ah, as onomatopeias. Pago e levanto-me, deixo umas moedas adicionais, também hipócritas, passo ao lado das mulheres, três parcas maléficas, três vezes três vezes três, noves fora, coisa nenhuma. Por que dobram as contas? Por que dobram? Por que se dobram as pessoas? Por que se dobram? Porquê?

UM BRAÇO NO PRATO

Este outro restaurante, aonde vou uma vez por outra, deve ser um dos lugares de Lisboa mais capazes de proporcionar uma suculenta análise sociológica. Nunca lá tinha entrado sozinho, mas desta vez aconteceu, de modo que a atenção doentiamente aguda que dou às coisas, sem ter que ocupar-se demasiado no quadrado branco da mesa, pôde circular como um filtro ao redor da sala, colhendo os exemplares mais merecedores de ponderação. Logo no primeiro golpe de rede se vê quem está sentado às mesas: funcionários, comerciantes, espíritos subalternos, todos com aquele ar de parentesco nos modos, nas palavras, nos fatos, e sobretudo nas ideias, que define o pequeno-burguês. Por isso mesmo, todos têm os olhos apagados, o rosto voraz e ao mesmo tempo humilde, a presença obtusa.

O restaurante é ruidoso e grande. As poucas crianças distribuem-se por todas as idades, desde o colo babado e chorão até ao cataclismo infantil; as rugas, essas, começam por ser sinal de expressão e acabam na pele de papel amarrotado, bom para deitar fora. Os adolescentes são raros, ou apenas acompanham silenciosamente os adultos. Não há dúvida de que Portugal envelhece.

Ao meu lado direito está um casal de meia-idade. Escolheram com a boca franzida os pratos, o marido encomendou o vinho, e ficaram à espera calados. Ele usa um alfinete de gravata que é como um ramalhete de pedras, provavelmente verdadeiras; ela não traz muito que a distinga, a não ser, talvez, o sorvo assobiado com que engolirá a sopa. Estes dois não falarão um com o outro durante todo o almoço. À esquerda tenho duas gerações: um casal de velhos, a filha e o genro. A filha serve todos da travessa, atirando a comida como quem diz: "Comam!", e guardando para si os piores bocados como quem diz: "Reparem!". Os velhos são gulosos, mastigam com os lábios moles e besuntados, e deitam olhares rápidos à travessa, a ver se ainda resta alguma coisa e se terão tempo de participar na segunda roda. Todos bebem cerveja.

Que direi daquele homem de rosto duro, no meio da família gritadora e numerosa, que não verei falar nunca, e cujos olhos às vezes se afogam em ódio? Que poderei contar da longa mesa que se apresenta no enfiamento da minha, toda coberta de restos de côdeas e de nódoas de vinho alastrado e perdido? Que direi do que dirão aqueles que me olham a furto, se é olhar o rápido lampejo que orientam para mim, se não é apenas um movimento tão involuntário e inconsciente como o pestanejar?

Mas agora ponho os olhos num casal que entrou e que resume toda a mais gente que mastiga, deglute e transpira. São ambos altos, corpulentos, clientes certos como se depreende da familiaridade com que tratam e são tratados pelo pessoal. Vão sentar-se num canto, ele um pouco escondido pela dama que está à minha direita e que, neste momento, já comida a sopa, extrai cuidadosamente da boca, com os dedos, as espinhas do peixe-espada; mas a mulher, que faz ângulo reto com ele, fica-me ao alcance facilmente. Olhemos bem, que vale a pena.

Mesmo sentada, continua a ser alta. Da corpulência ficou o seio avantajado que invade a mesa pela fronteira de um decote redondo e aberto. Tem os cabelos pintados de uma cor que ralha com os olhos e a pele, uma espécie de mogno com riscos de pau-rosa. Os lábios são finos e pintados por fora, a fingir uma boca carnuda. E durante a refeição vão ficar esborratados, com a tinta a subir capilarmente pelas rugas minúsculas que lhe sulcam a parte superior da boca. Tem as mãos cobertas de anéis aparatosos e usa brincos compridos que oscilam como barbilhos de leitão.

O vestido é todo em azuis, amarelos, vermelhos, e mostra os braços brancos e espalmados como coxas. Fixo o olhar no braço direito, que vejo melhor. É realmente uma magnífica peça de carne, de grande tamanho, que a dona exibe aos circunstantes com estremecimentos e sacudidelas que não são apenas ocasionais. Acredita provavelmente que é o seu grande trunfo afrodisíaco e atira com ele aos homens que estão em redor, atira-o para o meu prato com um grande ar de fêmea pública. Cautelosamente, empurro-o para a borda, entre os restos e o molho já frio, e chamo o empregado para pedir-lhe o café e que me leve dali tudo.

E se nesse momento tivesse entrado no restaurante uma adolescente de minissaia, esbelta e luzidia, mostrando a pele polida e jovem, as burguesas juntariam as cabeças oleosas, odiosas, e acusá-la-iam de obscenidade. Mas obsceno era aquele braço enorme que o criado levava no meu prato, e que ia ser despejado na lata do lixo.

SAUDADES DA CAVERNA

Não sei que autor de anteontem dizia que o melhor instrumento de medição das altas e baixas pressões económicas era os pequenos anúncios dos jornais. Achava o dito autor, e julgo que o conseguia demonstrar, que aquilo que se vende, de particular a particular, em bens de luxo ou objetos úteis, define de um modo bastante rigoroso uma situação económica geral. Claro que por este meu jeito tateante de avançar na matéria se está já notando que me falta saber e capacidade para discutir a tese — nem creio que tal discussão adiantasse muito neste tempo de grandes concentrações económicas e de impérios comerciais. Acho preferível passar adiante, não me caiam em cima os coriscos da informática.

Fique apenas desta introdução quanto basta para se compreender melhor o sobressalto de espírito que me trouxe o tema desta crónica. Certos usos e costumes (certas vendas, certas compras) não surgem por acaso, e para o assunto que hoje me ocupa nem sequer o apelativo de moda designa seja o que for, uma vez que a moda não é mais do que a difusão promovente de um uso primeiramente limitado.

E chego desta maneira ao meu tema. Que razões profundas, que mecanismos, que vozes ancestrais, se estão definindo, movendo, articulando, nesta sociedade, para que se tivesse tornado tão usual uma terminologia que evoca tempos revolutos, sobretudo, e é isto que me parece mais importante, quando aplicada a lugares de ajuntamento, de repasto, isto é, onde o gregarismo é padrão. Que saudades da caverna latejam na memória inconsciente dos grupos, para que tenha surgido este aluvião de boîtes e restaurantes com nomes velhos? Que psicólogo ou psicanalista me explicará a razão de tantos cacos, carunchos, toscos, caixotes, choupanas, ferraduras, cubatas, cangas, chocalhos, naus, veleiros? E dos archotes, calhambeques, lareiras, carripanas, breques, baiucas, chafarizes, tocas, braseiros e túneis?

Esta atração do primitivo, que até na decoração dessas casas ganha aspectos de ideia fixa, quase agressiva, se por um lado pode significar a continuidade, em plano diferente, de certa atração de contrários que nos caracterizou como sociedade particular (o infante D. Miguel e os arrieiros, o marquês de Marialva e o fado, os capotes brancos do Bairro Alto, os fidalgos pegadores de touros), há de certamente obedecer a razões menos visíveis e mais gerais, as mesmas, talvez, que fizeram surgir bandas desenhadas cujos heróis são homens e mulheres da pré-história, da idade da pedra, ainda incapazes de inventar a roda mas já enleados nos problemas e nos conflitos de hoje.

Andaremos nós à procura de uma nova inocência, de um recomeço? A escolha daqueles nomes será movida por um obscuro e aparentemente contraditório rancor contra as sociedades de consumo? Ou será antes um reflexo de má consciência que leva a dar às coisas, não o nome que lhes cabe mas o nome que as nega, como se essa operação de mágica linguística extraísse o veneno da serpente? Se eu tiver um palácio e lhe chamar "a minha barraca", afasto com isso o raio que é atraído pelos lugares altos?

Em grande conta eu me teria se fosse capaz de dar resposta a tais perguntas. Mas não será melhor deixá-las intactas? Se o leitor as considerar ociosas, facilmente as esquecerá, depois de protestar contra a perda do meu tempo e do seu tempo. Mas se murmurar: "É boa! Nunca tinha pensado nisso", então ganhei bem o meu dia. O que, posso garantir, não é todos os dias que acontece.

ELOGIO DA COUVE PORTUGUESA

A notícia correu o país inteiro, provocando o frémito das grandes ocasiões patrióticas: uma couve portuguesa plantada na Austrália atingiu 2,40 metros de altura (por extenso e para não haver dúvidas: dois metros e quarenta centímetros) — e continua a crescer. Sob céus e climas estranhos, rodeada de cangurus, ameaçada certamente pelas tribos primitivas do interior, ao alcance do terrível boomerang, a couve portuguesa dá uma lição de constância e de fidelidade às origens, ao mesmo tempo que mostra ao mundo as nossas raras qualidades de adaptação, o nosso universalismo, a nossa vocação de grandes viajantes. E continua a crescer.

Nos tempos de antigamente, as naus levavam nos porões rangentes e cheirosos de pinho aqueles marcos de pedra que tinham gravadas as armas de Portugal e que representavam sinal de posse e senhorio. Era obra pesada, dura de trabalhar, difícil de mover e implantar. Hoje, já com todos os caminhos marítimos abertos, basta ao simples emigrante deitar mão ao saquinho de pano-cru, retirar umas tantas sementes, lançá-las à terra, e em menos de um ano apresenta ao mundo maravilhado um couval que mais parece uma floresta. Faz a sua diferença.

O leitor que tenha retido destas crónicas um certo tom doce-amargo, que é ironia e negação dela, pensará que eu estou brincando com coisas sérias ou que como tal são consideradas. Pois não estou, não senhor. O emigrante de quem falo tem hoje setenta e dois anos, emigrou aos cinquenta e quatro, e andou com as sementes no bolso durante dezassete anos — à espera de um quintal para as semear. Se isto não é dramático, não sei onde será hoje possível encontrar o drama. Durante dezassete anos, as sementes esperaram pacientemente a sua hora, o quintal prometido, a terra fertilíssima. Entretanto, o nosso compatriota, cada vez mais cansado, cada vez mais velho, mas sempre esperançoso, percorria a Austrália de ponta a ponta, cruzava os desertos, rondava os portos de mar, penetrava nas grandes cidades, inquiria do preço dos terrenos, numa busca ansiosa. Aos marinheiros do Gama deu Camões a Ilha dos Amores e o Canto Nono; este viajante português do século XX declara-se feliz, realizado, pleno, quando, de metro em punho, com os pés na regueira fresca, bate o recorde da altura em couve e comunica o feito às agências de informação. Convenhamos, amigos, que só um coração empedernido se não deixaria mover a uma lágrima de enternecimento.

Que esse decerto respeitável velho me desculpe se qualquer volta nas minhas palavras ressumbrar ironia. Não era minha intenção. Provavelmente é ela a única porta de saída que me resta, a alternativa da veemência com que eu teria de interpelar não sei quem, não sei onde, por esta obstinação de vistas curtas, por esta falta de capacidade de criar pele nova, que nos leva a andar com sementes de couve aqui e por todo o mundo, à procura de um quintal igualzinho ao da infância, para nele catarmos as mesmas lagartas e partirmos melancolicamente os mesmos talos.

O que são as coisas: propunha-me eu fazer o elogio da couve portuguesa, e vai-se a ver saiu-me isto: uma dor no coração, uma sensação de ser folha migada, uma dura e pesada tristeza.

NÃO SABIA QUE ERA PRECISO

Ao contrário do que afirmam os ingénuos (todos o somos uma vez por outra), não basta dizer a verdade. De pouco ela servirá ao trato das pessoas se não for crível, e talvez até devesse ser essa a sua primeira qualidade. A verdade é apenas meio caminho, a outra metade chama-se credibilidade. Por isso há mentiras que passam por verdades, e verdades que são tidas por mentiras. Esta introdução, pelo seu tom de sermão da quaresma, prometeria uma grave e aguda definição de verdades relativamente absolutas e de mentiras absolutamente relativas. Não é tal. É apenas um modo de me sangrar em saúde, de esquivar acusações, pois, desde já o anuncio, a verdade que hoje trago não é crível. Ora vejamos se isto é história para acreditar.
O caso passa-se num sanatório. Abro um parênteses: o escritor português que escolhesse para tema de um romance a vida de sanatório, talvez não viesse a escrever *A montanha mágica* ou *O pavilhão dos cancerosos*, mas deixaria um documento que nos afastaria da interminável ruminação de dois ou três assuntos erótico-sentimentalo-burgueses. Adiante, porém, que esta crónica não é lugar de torneios ou justas literárias. Aqui só se fala de simplezas quotidianas, pequenos acontecimentos, leves fantasias — e hoje, para variar, de verdades que parecem mentiras. (Verdade, por exemplo, é o doente que entrava para o chuveiro, punha a água a correr, e não se lavava. Durante meses e meses não

se lavou. E outras verdades igualmente sujas, rasteiras, monótonas, degradantes.)
Mas vamos à história. Lá no sanatório, dizia-me aquele amigo, havia um doente, homem de uns cinquenta anos, que tinha grande dificuldade em andar. A doença pulmonar de que padecia nada tinha que ver com o sofrimento que lhe arrepanhava a cara toda, nem com os suspiros de dor, nem com os trejeitos do corpo. Um dia até apareceu com duas bengalas toscas, a que se amparava, como um inválido. Mas sempre em ais, em gemidos, a queixar-se dos pés, que aquilo era um martírio, que já não podia aguentar.
O meu amigo deu-lhe o óbvio conselho: mostrasse os pés ao médico, talvez fosse reumatismo. O outro abanava a cabeça, quase a chorar, cheio de dó de si mesmo, como se pedisse colo. Então o meu amigo, que lá tinha as suas caladas amarguras e com elas vivia, impacientou-se e foi áspero. A atitude deu resultado. Daí a dois dias, o doente dos pés chamou-o e anunciou-lhe que ia mostrá-los ao médico. Mas que antes disso gostaria que o seu bom conselheiro os visse.
E mostrou. As unhas, amarelas, encurvavam-se para baixo, contornavam a cabeça dos dedos e prolongavam-se para dentro, como biqueiras ou dedais córneos. O espetáculo metia nojo, revolvia o estômago. E quando perguntaram a este homem adulto por que não cortava ele as unhas, que o mal era só esse, respondeu: "Não sabia que era preciso".
As unhas foram cortadas. Cortadas a alicate. Entre elas e cascos de animais a diferença não era grande. No fim de contas (pois não é verdade?), é preciso muito trabalho para manter as diferenças todas, para alargá-las aos poucos, a ver se a gente atinge enfim a humanidade.
Mas de repente acontece uma coisa destas, e vemo-nos diante de um nosso semelhante que não sabe que é preciso defendermo-nos todos os dias da degradação. E neste momento não é em unhas que estou a pensar.

O VERÃO É CAPA DOS POBRES

Almocei na fronteira do ar livre, rente a uma janela aberta. Era já o meio da tarde, e o restaurante estava deserto: o sol prendera-me na praia, envolvera-me de torpor, e entre o banho e a areia se tinham escoado as horas. É uma sensação agradável esta de ter o corpo um pouco áspero de sal, a antegozar o duche que nos espera em casa. E enquanto a costeleta de vitela não vem, vai-se beberricando o vinho fresco e estendendo a manteiga em bocadinhos de pão torrado, para enganar a fome subitamente acordada. Vida boa.

O momento é tão perfeito que podemos falar de coisas importantes sem que as vozes tenham de subir, e nenhum de nós pensa em ganhar no diálogo e ter mais razão do que a pode ter um comum ser humano que respeite a verdade. Além disso, é verão e, como eu disse, estamos na fronteira do ar livre. A aragem faz estremecer umas plantas cheirosas a que podemos chegar com os dedos e em volta das quais zumbem os insetos do tempo. Quebrada pela folhagem, há uma réstia de sol que se derrama pelas madeiras envernizadas da janela. Vida boa.

Temos a pele doirada e sorrimos muito. No interior do restaurante levanta-se uma grande labareda: é a cozinha que oferece os seus mistérios. Logo a seguir o empregado traz a costeleta, rescendente no seu molho natural, e nós infringimos as mais comezinhas regras da gastronomia mandando adiantar-se mais vinho branco. E ela vem, a garrafa, com a

sua transpiração gelada e o truque mágico de embaciar os copos que a recebem. Ah, vida boa, vida boa.
Estamos agora calados, absorvidos na delicada operação de separar a carne do osso. Sob o gume da faca as fibras macias separam-se sem custo. O molho penetra nelas, aviva-lhes o sabor — oh, que bom é comer assim, depois de um ardente dia de praia, no restaurante de janelas abertas, com perfumes de flores e este cheiro maior do verão.
Voltamos a conversar, dizemos coisas vagas e lentas, inteligentes, numa plenitude de bem-aventurados. O sol, que desceu um pouco mais, desliza nos copos, acende fogos no vidro e dá ao vinho uma transparência de fonte viva. Sentimo-nos bem, com o restaurante só para nós, rodeados de madeiras fulvas e toalhas coloridas.
É nesta altura que se dá o eclipse. Uma sombra interpõe-se entre nós e o mundo exterior. O sol afasta-se da mesa violentamente, e a mão de um homem passa a moldura da janela, avança e fica imóvel por cima da mesa — de palma para cima. O gesto é simples e não traz palavras a acompanhá-lo. Apenas a mão estendida, à espera, pairando como uma ave morta sobre os restos do almoço.
Ninguém fala. A mão recolhe-se apertando a esmola, e, sem agradecer, o homem afasta-se. Entreolhamo-nos devagar, com os lábios deliberadamente cerrados. De repente, tudo sabe a inútil e a cobardia. Depois, com mil cautelas, pegamos no carvão em brasa. Se não estivéssemos a almoçar, teríamos dado a esmola? E que teria acontecido se a recusássemos? Sentiríamos depois mais remorsos que de costume? Ou houve simplesmente o medo de que a mão seca e escura descesse como um milhafre sobre a mesa e arrancasse a toalha, no meio do estilhaçar dos vidros e das louças, num interminável e definitivo terramoto?

O CRIME DA PISTOLA

A pistola, nessa manhã, saiu num tal estado de irritação, que, ao fechar a porta, deixou cair o carregador. As balas saltaram por todos os lados, no patamar, e se a pistola já ia furiosa, imagine-se como terá ficado quando acabou de se carregar outra vez. Para agravar o incidente, o ascensor não funcionava, o que, para uma arma destas, é o cúmulo. A anatomia da pistola dificulta-lhe descer escadas. É obrigada a escorregar de lado, e, por maiores que sejam as cautelas, acaba sempre por riscar o cano. Fica, evidentemente, com um ar algo desleixado.

O homem morava no mesmo prédio, quero crer que na mesma casa. A vizinhança notava nele certa preocupação, uma melancolia, um jeito distraído de cumprimentar, como quem vai a pensar noutro mundo ou a dialogar consigo mesmo. A ninguém passava pela cabeça, porém, que entre o homem e a pistola houvesse questões, andassem de rixa, e por isso foi uma surpresa que deu que falar, não só no prédio como em toda a rua e no bairro. A própria cidade, apesar de ser muito maior e de ter mais em que pensar, soube do caso, embora não lhe desse importância por aí além.

Razões exatas, portanto, não se conhecem. As pessoas futuram, futuram, mas ao certo ninguém entende como é que numa volta da escada, onde os degraus se abrem em leque, a pistola deu dois tiros no peito do homem. Foram dois estrondos que sacudiram o prédio de cima a baixo, com tanta violência que parecia terramoto ou fim do mundo. Quando as vizinhas ganharam coragem para espreitar, viram o homem caído de través no leque dos degraus, caído em socalcos, como um boneco de engonços, enquanto um riozinho de sangue se filtrava da roupa e alastrava na madeira encerada.

Eu sei, eu sei, leitor, que esta história é absurda, que as pistolas não descem escadas (nem as sobem), e que, por muito malvadas que sejam, não dão tiros à queima-roupa em homens que sobem escadas (ou as descem). Mas fique também certo de que não estive a divertir-me à sua custa. O relato que fiz é apenas uma das mil versões possíveis da notícia que li há tempos num jornal de Lisboa, segundo a qual "um homem fora atingido, na escada da sua residência, por dois tiros da sua própria pistola". E disso morrera.

O leitor compreende muito bem o que na verdade se passou. Eu também. Poderíamos ambos pôr um ponto final numa questão que não nos toca nem de perto nem de longe, e seguir para diante. Mas repare que há em tal maneira de dar notícia da última atitude de um homem, certa petulância que vem do hábito de escamotear verdades, mesmo vulgares, como esta do desatar de uma vida. E acresce ainda a ironia de roubar o significado de um gesto, de uma decisão, este roubar a morte de um homem cuja vida já fora roubada (Como? Por quem?) antes daquele encontro entre a mão e a arma. E como é singular a escolha do local. A escada, a súbita renúncia a subir ou a descer um só degrau que fosse, como se a reserva da vida se tivesse esgotado naquele preciso instante. O pé ainda teria iniciado o movimento que o levaria ao degrau seguinte, mas depois, não, um repentino cansaço, o esforço que já não é possível concluir, e o pé regressa ao ponto que deixara, resignado, depois alheio, simples apoio mecânico para equilíbrio do corpo, logo derrubado por si mesmo, contra si mesmo. Dois estrondos, um fumo azul, um cheiro violento e acre de pólvora que as vizinhas, no dia seguinte, ainda virão respirar viciosamente à escada. O boneco de engonços já foi retirado, já foram cobertas de

serradura as manchas, depois esfregadas com lixívia as placas lívidas dos degraus, como o rosto e as mãos do homem que, afinal, sempre tinha uma questão com a sua pistola.
 Não sei que fez este homem em vida. Apenas sei que brincaram com ele na morte. E já estou a imaginar, se estas proibições se alargam a outras interrupções bruscas da vida (note-se o eufemismo), como será dada a notícia de um atropelamento: "Quando o Sr. Fulano atravessava a rua, segundo uma linha reta que o levaria ao outro passeio, sentiu com desagrado ser violentamente interseccionada a sua linha por uma outra linha ao longo da qual se deslocava um automóvel. Transportado ao hospital, o Sr. Fulano chegou ali já sem vida".
 Desabafe, leitor, diga o que pensa de toda esta comédia de enganos que vai sendo a nossa vida.

OS FOGUETES DE LÁGRIMAS

Por intermédio dos jornais, que minuciosamente me vão mantendo a par do que acontece no país e no mundo (são tais e tantas as informações com que me submergem todos os dias, que o tempo mal me vai chegando para lê-los), soube que Portugal conquistou em acesíssima peleja o título precioso de campeão do mundo de fogos de artifício. Marejaram-se-me os olhos de comoção, de saudável orgulho patriótico. Percebi que não obstante os desenganados, as esperanças frustradas, ainda cá dentro ardiam, como chamas votivas em sagrada ara, insuspeitadas labaredas de amor ao berço natal. Claro que fiquei muito contente e logo pensei que viria dar parte do meu contentamento e que este seria o estilo adequado. O que o meu leitor logo de entrada entendeu.

Pois é verdade: somos campeões. Ser campeão significa, como de todos é sabido, ser o melhor numa dada especialidade, em confronto com o resto da gente que a ela se dedique. Por exemplo, não seria grande a minha surpresa se viesse a saber-se amanhã que somos campeões do mundo de emigração. Aliás, se o somos já, como desconfio, não compreendo por que não tiramos desse título as naturais e justas satisfações, quais sejam o aplauso e o reconhecimento internacionais pela nossa firme contribuição para a prosperidade dos povos. Se ainda o não somos, só tenho a recomendar que se façam todos os esforços, agora que conquistámos o título mundial de fogueteiros e perdemos por um triz o de beleza, conforme também fui informado, com igual minúcia, pelos nossos jornais.

Mas voltemos ao ponto primeiro. Para que não venham acusar-nos de ambição desenfreada, direi que por agora nos deve bastar o luminoso título de campeões do fogo de artifício, conquistado à custa de muita pólvora, de bastas dúzias de caninhas e de todos esses ingredientes químicos que ardem, estralejam, chispam, estoiram e fumegam para deleite dos olhos e regalo dos tímpanos.

De resto, que mais poderíamos ambicionar? Ver o mundo de boca aberta, arregalado, a olhar o céu, basbaque de todo perante as nossas artes — não é glória? Ter o mundo rendido ao som redondo e cheio dos nossos morteiros, capazes de atroar entre duas serras como um canhão — não é caso de vaidade? E as bichas de rabear, esses canudinhos tontos, esses foguetes sem aspirações, que em vez de subirem correm rente ao chão, com a humildade conveniente? E as fontes luminosas, que a gente põe a distância, e que ateadas logo se desentranham em repuxos de fogo, com todas as cores, deixando no fim aquele bom cheirinho a pólvora queimada e aquele fumozinho vago? Pois fiquem sabendo que nisto somos nós os mais competentes, os mais imaginativos, os criadores, os inventores por excelência.

Atormenta-me contudo uma grave suspeita que venho pressurosamente desabafar com o meu leitor. Vem ela a ser que na panóplia dos fogos mostrados ao júri tenha faltado, por omissão casual ou voluntário escamoteamento, a nossa peça mestra, a grande realização da nossa pirotecnia: o foguete de lágrimas. O que me põe nesta suspeita é precisamente a circunstância de só agora (que eu saiba) nos ter sido atribuído o título. Eu explico: um povo que inventa o foguete de lágrimas atingiu tal capacidade de exprimir o que sente, que se é campeão do mundo nisso, então não há de satisfazer-se com títulos efémeros que pouco mais duram que o tempo de três respostas, e há de exigir muito mais. Há de

exigir o título de campeão vitalício, de campeão chefe, de campeão sempre.
 Por isso eu acho que fomos uma vez mais vítimas de injustiça grave. Para o ano, outro será vencedor, que nisto de campeonatos manda a boa tática que se vão revezando os campeões, enquanto nós, que inventámos o foguete de lágrimas e não o mostramos, ocuparemos modestamente o terceiro lugar, que é ao que chegamos em beleza. Envergonhados, ficamos em casa, onde nos conhecemos uns aos outros, a lançar foguetes atrás de foguetes, todos de lágrimas, já que as razões de chorar não acabam nunca e somos sensíveis como cristais.
 Fácil de troçar de tudo isto. O pior é que mesmo quem tem a lágrima pronta e o suspiro disponível, pode também estar sofrendo tanto na carne e no espírito, na sensibilidade e na inteligência, que nesta altura se estejam formando nos seus olhos duas lágrimas pesadas e escaldantes que condensem um mundo de sofrimento, de frustração e humilhação, de energia espezinhada.
 Fácil de brincar com foguetes quando as lágrimas são dos outros. De todos nós.

O MELHOR AMIGO DO HOMEM

É o cão. Assim mo disseram nos tempos da velha instrução primária oficial, com aulas da parte da manhã e feriado à quinta-feira. (Havia pouco que ensinar nessas pré-históricas eras: a pacífica análise gramatical, os bons exemplos da História Pátria e os volteios dos quebrados e decimais.) O professor, Vairinho de seu nome, era um homem alticalvo, grave quanto bastava para acentuar a respeitabilidade da sua posição de diretor, mas, ainda assim, nosso amigo e nada exagerado na disciplina. Fazia, contudo, grande empenho em pontos de formação moral, e o cão era o seu grande tema.

Uma vez por semana, pelo menos, havia preleção sentimental: famosas proezas da gente canina, "pilotos" abandonados que voltavam a casa depois de vencerem centenas de quilómetros, "guadianas" que se deitavam à água para salvar meninos de quem ("pagai o mal com o bem") haviam recebido maus-tratos. Enfim, coisas de 1930.

Não ajudaram muito as lições do professor. Os cães que conheci de perto sempre mostraram uma espécie de vingativa animadversão pela minha tímida pessoa. Ou porque farejassem o susto ou porque os ofendesse o atrevimento com que eu procurava disfarçá-lo — sempre houve entre mim e os cães, quando não guerra aberta, pelo menos um estado de paz desconfiada.

Recordo com despeito, por exemplo, aquele rafeiro castanho que vinha a trote, arrastando a corrente partida, pela quelha estreita e sem resguardos onde eu passeava a minha distração e a minha confiança. Provavelmente, fiz qualquer gesto suspeito ("o cão só ataca se for provocado ou julgar que o dono e a sua propriedade estão em perigo") ou mostrei medo ("nunca se deve fugir de um cão: é um animal nobre que não ataca pelas costas"): o certo é que, à passagem, sem desafio da minha parte, o rafeirola deitou-me os dentes e, depois de me dar um estorcegão na canela, seguiu o seu caminho, a dar ao rabo, de pura alegria.

Ficou-me este caso de aviso, tão certo é que não há melhor mestre que a experiência. Uns anos mais tarde, andava eu (sempre confiante e distraído) a vaguear pelo campo, lá na lezíria onde nasci, quando de repente dou de cara com um cão. Era um castro-laboreiro de má fama que não consentia cão nem gato no seu feudo, que os partia pela espinha se podia filá-los — e que nunca ouvira as lições do professor Vairinho.

Quis o acaso que eu tivesse comigo uma cana forte e comprida. Quando a assombração me saltou à frente, estendi a cana, com a ponta a um palmo do focinho dele, e ali ficámos durante talvez meia hora, o dragão às upas, fintando e rosnando, fingindo-se indiferente para logo voltar à carga, eu a suar de medo, com a voz enrodilhada na garganta, longe de qualquer socorro, abandonado ao negro destino.

Escapei. Às tantas, o bicho cansou-se de uma luta assim, sem proveito nem glória. Depois de me fitar um pouco de largo, com atenção e minúcia, lá lhe terá parecido que eu não merecia as suas cóleras. Fez meia-volta e desapareceu num tropicar curto e desdenhoso, sem olhar para trás. Eu fui-me afastando devagar, às arrecuas, ainda a tremer, até que cheguei a casa da minha tia Elvira, a qual tia, ouvinte benévola mas cética, não acreditou na história. (Era tal a fama do safado, que tê-lo vencido com uma cana pareceu a toda a gente uma galga sem vergonha.)

Desde então deixei de acreditar na bondade dos cães, se alguma vez para aí me inclinei. Perdoo ao professor Vairinho as ilusões que quis fazer nascer em nós: era tudo pela boa causa. Mas sempre gostaria de saber que lições seriam as suas hoje, se visse os seus amados exemplos ali bem tratados, de pelo luzidio, pata forte e dente afiado, com uma profunda ciência da anatomia humana e dos modos adequados e mais eficientes de danificá-la. Meu querido, bom e lembrado professor Vairinho, que tanto gostava de explicar os complementos-circunstanciais-de-lugar-onde, sem saber em que trabalhos nos ia meter.

HISTÓRIA PARA CRIANÇAS

Se não escrevi o livro definitivo que tornará a literatura portuguesa, enfim, uma coisa a sério, foi só porque ainda não tive tempo. Isto é o que me diz o meu amigo Ricardo, e di-lo com tal convicção, que muito cético seria eu se não acreditasse sob palavra. Ora, na pequena roda dos meus leitores é sabido que eu sou o homem mais a jeito de se deixar convencer pela força das alheias certezas. Quanto me dariam para duvidar, se estes homens afirmam tanto e tão frontalmente, com os olhos a direito e a mão que não treme? Digo "sim senhor", se a intimidade não dá para mais, e se é o caso de dar, como acontece com o meu amigo Ricardo, acho-me tão eloquente que construo uma frase de oito palavras "então vê lá isso cá fico à espera".

Aliás, para ser inteiramente sincero, até sei donde me vem esta universal compreensão que em particular acredita na obra definitiva do Ricardo. Conhecemos sempre muito mais dos outros quando já nos passaram pela porta da rua ilusões parecidas. Lembramo-nos de que estivemos sentados no degrau, a ver passar o mundo, e ver chegar-se uma ideia pelo nosso lado, percebendo-se logo que aquilo era connosco por sinais que não enganam — e depois, vá lá saber-se, ou hesitámos, ou a ideia perdeu as pernas, continuámos sentados, a cuspir a saliva da decepção e a inventar a desculpa que daremos a nós próprios mais tarde. Comigo o caso não foi assim tão grave, mas deu para imaginar que seria capaz de escrever um dia a mais bela história para crianças, uma história muito simples, com a respectiva lição moral para proveito das gerações novas, que, manifestamente, não se tornariam adultas se não lhe recolhessem o sumo. Ao contrário do que se pense, não venho hoje escrever essa história. Limito-me a contá-la, a dizer o que nela se passaria, coisa que (não esqueçamos) não é o mesmo que escrevê-la. Escrever é obra doutra perfeição, é fazer aquilo que diz o meu amigo Ricardo — e daí, como já disse, tirei eu o sentido, também por falta de tempo. Mas vamos ao conto.

Na história que eu escreveria havia uma aldeia. Não se temam, porém, aqueles que fora das cidades não concebem histórias nem sequer infantis: o meu herói menino tem as suas aventuras aprazadas fora da sossegada terra onde vivem os pais, suponho que uma irmã, talvez um resto de avós, e uma parentela misturada de que não há notícia. Logo na primeira página, sai o menino pelos fundos do quintal, e, de árvore em árvore, como um pintassilgo, desce ao rio, e depois por ele abaixo, naquela vagarosa brincadeira que o tempo alto, largo e profundo da infância a todos nós permitiu. Em certa altura, chegou ao limite das terras até onde se aventurara sozinho. Dali para diante, começava o planeta Marte, efeito literário de que ele não tem responsabilidade, mas com que a liberdade do autor acha poder hoje aconchegar a frase. Dali para diante, para o nosso menino, será só uma pergunta sem literatura: "vou ou não vou?". E foi.

O rio fazia um desvio grande, afastava-se, e de rio ele estava já um pouco farto, tanto que o via desde que nascera. Resolveu portanto cortar a direito pelos campos, entre extensos olivais, ladeando misteriosas sebes cobertas de campainhas brancas, e outras vezes metendo por bosques de altos freixos onde havia clareiras macias sem rasto de gente ou bicho, e ao redor um silêncio que zumbia, e também um calor vegetal, um cheiro de caule sangrado de fresco como uma veia branca e verde. Ó que feliz ia o menino. Andou, andou, foram rareando as árvores, e agora havia uma charneca rasa, de mato ralo e seco, e no meio dela uma insólita colina redonda como uma tigela voltada.

    Deu-se o menino ao trabalho de subir a encosta, e quando chegou lá acima, que viu ele? Nem a sorte nem a morte, nem as tábuas do destino. Era só uma flor. Mas tão caída, tão murcha, que o menino se achegou, de cansado. E como este menino era especial de história, achou que tinha de salvar a flor. Mas que é da água? Ali, no alto, nem pinga. Cá por baixo, só no rio, e esse que longe estava. Não importa. Desce o menino a montanha, atravessa o mundo todo, chega ao grande rio Nilo, no côncavo das mãos recolhe quanto de água lá cabia, volta o mundo a atravessar, pela vertente se arrasta, três gotas que lá chegaram, bebeu-as a flor sedenta. Vinte vezes cá e lá, cem mil viagens à lua, o sangue nos pés descalços, mas a flor aprumada já dava cheiro no ar, e como se fosse um carvalho deitava sombra no chão.

    O menino adormeceu debaixo da flor. Passaram as horas, e os pais, como é costume nestes casos, começaram a afligir-se muito. Saiu toda a família e mais vizinhos à busca do menino perdido. E não o acharam. Correram tudo, já em lágrimas tantas, e era quase sol-pôr quando levantaram os olhos e viram ao longe uma flor enorme que ninguém se lembrava que estivesse ali. Foram todos de carreira, subiram a colina e deram com o menino adormecido. Sobre ele, resguardando-o do fresco da tarde, estava uma grande pétala perfumada, com todas as cores do arco-íris.

    Este menino foi levado para casa, rodeado de todo o respeito, como obra de milagre. Quando depois passava nas ruas, as pessoas diziam que ele saíra da aldeia para ir fazer uma coisa que era muito maior do que o seu tamanho e do que todos os tamanhos. E essa é a moral da história.

AS TERRAS

Como um ser vivo, as cidades crescem à custa do que as rodeia. O grande alimento das cidades é a terra, que, tomada no seu imediato sentido de superfície limitada, ganha o nome de terreno, no qual, feita esta operação linguística, passa a ser possível construir. E enquanto nós vamos ali comprar o jornal, o terreno desaparece, e em seu lugar surge o imóvel. Houve um tempo em que esta cidade cresceu devagar. Qualquer prédio da periferia tinha tempo para perder a flor da novidade antes que outro viesse fazer-lhe companhia. E as ruas davam diretamente para o campo aberto, para o baldio, para as quintas abandonadas, onde pastavam autênticos rebanhos de carneiros, guardados por autênticos pastores. Esse país diferente, salpicado de oliveiras anãs, de figueiras agachadas, de toscos muros em ruína, e, de quando em vez, com portões solitários, escancarados para o vazio — era as terras.

As terras não se cultivavam. Faziam, inertes, as suas despedidas da fertilidade, suportavam aquela pausa intermédia entre a morte e a inumação. A sua grande vegetação, o seu grande triunfo de flora, era o cardo. Se lhe davam folga, o cardo cobria de verde-cinzento a paisagem. E dos andares mais altos dos prédios, a vista era melancólica, uniforme, como se em tudo aquilo houvesse uma grande injustiça e um remorso vago.

Mas as terras eram também o paraíso das crianças suburbanas, o lugar da ação por excelência: ali se faziam descobertas e invenções, ali se traçavam planos, ali a humanidade de calções se dividia já, por imitação dos adultos. E havia rapazes imaginosos que davam nomes aos acidentes topográficos, e outros, muito sensíveis, que ficavam tristes quando, um dia, homens toscos calados começavam a abrir caboucos no sítio onde ardera a fogueira ritual do grupo, o fogo à roda do qual se dispunham, em grave deliberação, rostos atentos e joelhos esfolados. Os grupos tinham chefes autoritários, alguns pequenos tiranos que, um dia, inexplicavelmente, eram destituídos, postos à margem, e iam tentar a sorte noutros grupos, onde nunca ganhavam raízes. Mas a grande desgraça era quando um rapaz mudava de bairro. O grupo cicatrizava-se depressa, mas o garoto, com a alma pesada, andava quilómetros para tornar a ver os seus amigos, os lugares felizes, e de cada vez era mais difícil reconstituir a antiga comunhão, até que vinham a indiferença e a hostilidade e o rapaz desaparecia definitivamente, talvez ajudado por amizades novas e novas terras.

Hoje, a cidade cresce tão rapidamente que deixa para trás, sem remédio, as infâncias. Quando a criança se prepara para descobrir as terras, elas já estão longe, e é uma cidade inteira que se interpõe, áspera e ameaçadora. Os paraísos vão-se afastando cada vez mais. Adeus, fraternidade. Cada um por si.

Mas é sina dos homens, ao que parece, contrariar as forças dispersivas que eles próprios põem em movimento ou dentro deles se insurgem. A cidade torna-se oca onde antes era o núcleo, na semente do que seria a sua continuidade. E então descobre-se que as terras estão no interior da cidade e que todas as descobertas e invenções são outra vez possíveis. E que a fraternidade renasce. E que os homens, filhos das crianças que foram, recomeçam a aprendizagem dos nomes das pessoas e dos lugares e outra vez se sentam em redor da fogueira, falando do futuro e do que a todos importa. Para que nenhum deles morra em vão.

OS PORTÕES QUE DÃO PARA ONDE?

Esta penosa e longa vida dos homens (setecentos mil anos, meus amigos) tem enchido a terra de ruínas e de promessas delas. A consciência do que a incúria e o desprezo perderam faz-nos andar agora a rondar ciosamente os velhos palácios e castelos, atentos ao estalar do estuque e ao fender da pedra. E construímos grandes edifícios, que enchemos de pinturas para deleite dos visitantes, sob o olhar ausente dos guardas e a fiscalização dos termorreguladores. A toda a hora somos convidados a recordar a vida de quantos por aqui passaram antes de nós, não sei se com a esperança de a revivermos, se para nossa derrotada confirmação.

Confesso que sou grande consumidor de museus, catedrais, pontes romanas, conímbrigas e ruínas em geral. Tenho a bossa da arqueologia comparada, da história antiga e da escavação, e sofro de uma curiosidade decerto doentia de saber como dizia Sócrates "bom-dia" nas praças de Atenas, ou como se assoava Fernão Lopes, ou como o meu décimo avô cortejava a minha décima avó. E não é tal por prosápias de árvore genealógica, pois, ai de mim, a partir do terceiro ramo some-se-lhe o tronco e a raiz numa treva de começo do mundo.

Nem todas as obras do homem foram parar aos museus, nem todas foram arroladas, nem todas têm guardas à porta. Algumas estão enterradas, outras, à luz do dia, faz-se tão pouco-caso delas como se fossem parte de uma paisagem já indiferente e cega. Mas eu, que para tantas outras coisas tenho fama e proveito de distraído, que não olho as coisas, antes sou olhado por elas — caio por vezes em meditações que me colocam a um palmo da magia negra. É o caso dos portões. Em viagem, quando atravessamos os campos de automóvel, não é raro vermos afastarem-se uns portões enigmáticos em terras meio abandonadas ou já de todo baldias. Ali o caminho esconde-se entre a erva, os arbustos loucos e os detritos vegetais que o vento arrasta. Não sabemos sequer se os batentes abrem para cá ou para lá, e muitas vezes os portões não se continuam em muros ou arames, e tudo isto tem um ar misterioso de terra assombrada. Mas pior ainda é se os portões desapareceram e deles ficaram apenas os dois pilares gémeos, virados um para o outro, como quem pergunta se já não há mais nada a esperar.

Não me acuse o leitor de obscurantista. Tenho uma confiança danada no futuro e é para ele que as minhas mãos se estendem. Mas o passado está cheio de vozes que não se calam e ao lado da minha sombra há uma multidão infinita de quantos a justificam. Por isso os portões velhos me inquietam, por isso os pilares abandonados me intimidam. Quando vou atravessar o espaço que eles guardam, não sei que força rápida me retém. Penso naquelas pessoas que vivas ali passaram e é como se a atmosfera rangesse com a respiração delas, como se o arrastar dos suspiros e das fadigas fosse morrer sobre a soleira apagada. Penso nisto tudo, e um grande sentimento de humildade sobe dentro de mim. E, nem sei bem porquê, uma responsabilidade que me esmaga.

Se o leitor não acredita, faça a experiência. Tem aí dois pilares carcomidos, de gonzos roídos de ferrugem, cobertos de líquenes. Agora passe entre eles. Não sentiu que os seus ombros roçaram outros ombros? Não reparou que uns dedos invisíveis lhe apertaram os seus? Não viu esse longo mar de rostos que enche a terra de humanidade? E o silêncio? E o silêncio para onde os portões abrem?

MOBY DICK EM LISBOA

Lembram-se? Moby Dick é aquela gigantesca baleia-branca que o capitão Ahab persegue nas páginas do romance de Hermann Melville. É (dizem os exegetas autorizados da obra) uma encarnação do mal, sobre que se obstina, surdo a conselhos e razões, o ódio de Ahab. Ao longo de centenas de páginas, ficamos a saber tudo a respeito da caça da baleia no século XIX e de como se faz uma obra-prima literária. *Moby Dick*, agora título de livro, é provavelmente o maior romance de toda a literatura norte-americana.
  Pois Moby Dick veio a Lisboa. Vinda do vasto Atlântico, apareceu ao largo, numa manhã enevoada, doente, ferida de morte, talvez perdida entre desencontradas correntes. Virou para a cidade os olhos frios e redondos, e o seu pequeno cérebro registou difusamente a ondulação das colinas, que tomou por enormes vagas carregadas de corais soltos. Receou-se do grande temporal e quis voltar atrás, mas a maré, que enchia, empurrava-a para dentro do estuário. Os golfinhos rodeavam a grande massa meio morta que rolava ao balanço dos movimentos vagarosos da cauda. Começava o funeral do gigante.
  Pela margem do rio, os automóveis acompanhavam o lento avanço da baleia. Havia binóculos apontados, muitos deles apenas habituados a focar coristas no Parque Mayer ou primas-donas em S. Carlos. E os pescadores à linha olhavam envergonhados aquela espécie de ilha flutuante que resfolgava a espaços. Todo o rio era pasmo e assom-

bro. Só as gaivotas, que separam tudo quanto flutua em duas grandes categorias, o que se come e o que não se come, avaliavam, sôfregas, no seu voltejo incansável, a qualidade da iguaria, e gritavam a todos os ventos o advento de uma era de abundância.

Moby Dick ia perdendo as forças. Já a corrente a desviava para a margem, para a ignomínia do encalhe definitivo, para as águas baixas, poluídas dos dejetos de um milhão de seres humanos. Se a baleia não fosse um animal certamente obtuso e sem memória, viria agora à rede do estilo a lembrança dos grandes e abertos mares por onde navegara no tempo da sua robustez. Mas o corpo meio afundado desagregava-se, a pele estalava e embebia-se de água — ao passo que os olhos turvos mal distinguiam os barquinhos que a mareta sacudia e os curiosos que dentro deles disparavam máquinas fotográficas contra a primeira baleia de sua vida.

Ninguém deu pelo minuto exato em que Moby Dick morreu. O seu corpo imenso estava a extinguir-se aos poucos, agora este lado do dorso, agora aquela barbatana, a seguir a cauda, a cabeçorra informe, até que uma célula remota, perdida entre os grandes arcos das costelas, se dissolveu na massa fétida que invadia tudo. Os curiosos afastaram-se apertando o nariz, os barqueiros deram balanço ao negócio inesperado mas de curta duração — e a baleia ficou sozinha, imóvel, enquanto as águas do rio marulhavam à sua volta, e por baixo os peixes atacavam o ventre liso e vulnerável.

A cidade, nessa noite, conversou muito. No dia seguinte, os jornais afirmaram que a baleia seria queimada. Não o foi. Rebocaram-na para o largo e desfizeram-na em bocados. Vivera o seu tempo, e acabara de triste maneira, degradada, como um simples ouriço que a ressaca vai rolando na praia.

E eu pergunto: Que estranho caso ou presságio trouxe aqui de tão longe este animal? Por que veio Moby Dick, entre duas náuseas, morrer a Lisboa? Quem me dirá porquê?

A GUERRA DO 104 E DO 65

No primeiro dia não liguei importância. Recebi os papéis, li-os escrupulosamente, com esta minha incomparável ingenuidade que a tudo resiste, e, vinte metros adiante, como obediente munícipe, depositei-os no receptáculo do lixo. Passada uma semana sabia-os de cor, e começava a sentir-me ridículo: ao parecer, o meu primeiro trabalho da manhã consistia em receber dois papéis de cores diferentes das mãos de dois homens simultaneamente obsequiosos e mal-encarados, transportá-los (aos papéis) durante vinte metros e deitá-los no lixo. Para uma pessoa como eu, sempre ocupada em altos planos e pensamentos, havemos de convir que a situação era bastante vexatória. Julguei contudo que se tratasse de simples escaramuça, um rápido corpo a corpo de fronteira, e que em breve a paz tornaria à rua, as horas voltariam doces, no jogo alternante de luz branca e sombra azul que o sol maneja ao correr do dia. Acreditei que depois do arreganhar de dentes e do mostrar de unhas, o 104 e o 65 se contentariam com um mútuo e silencioso desprezo, guardando as pragas para o recato do lar. Mas isso era contar de mais com o efeito regressivo do tempo nos sentimentos: afinal, os grandes conflitos humanos têm mostrado aguentar muito mais do que as pirâmides do Egito.

O caso é que a guerra se agravou. Os dois homens deixaram de estar a distância prudente um do outro e passaram a operar frente a frente, cada qual na sua esquina de uma rua perpendicular, e ali, atravancando o caminho, intimativamente estendiam aos passantes inocentes os papelinhos coloridos que em linguagem mercante apregoavam os méritos absolutos do 104 e do 65. O resultado foi lançarem-me a mim para o limiar da neurose. De longe, mal entro na rua, salto os olhos por cima das cabeças, à procura dos guerreiros (um, alto, grisalho e de bigode; outro, baixo, grisalho e cara rapada), a ver como escaparei à agressão. Nos dias em que me sinto timorato, quase todos, passo ao outro passeio (que não sei porquê detesto) e roço os prédios, humilde. Outros dias há em que me invadem lembranças de heroicos antepassados, conquistadores e mareantes — e então avanço sobre os exércitos do 104 e do 65, de lábios cerrados, olhar firme que os ignora (ainda não pude chegar ao desafio), e mãos apertadas atrás das costas para resistir à injunção do papel estendido. Mas quando estou a salvo, bem me sinto a tremer de medo retrospetivo.

Vai para três meses que isto dura. A loja do 104 e a loja do 65, concorrentes e rivais, disputam a clientela — e odeiam-se. A rua, não há quem o não sinta, cheira a pólvora e a sangue. Nos últimos dias, notei que ao entregarem os papéis os homens dizem rápidos algumas palavras. Ainda não sei de que se trata, porque ando em maré de timidez e passo do outro lado — mas presumo que estarão dizendo calúnias, insinuando denúncias de mau porte, lançando acusações de subversão, sei lá que mais.

Tudo isto, declaro, é complicado em excesso para mim. Que o 104 e o 65 sejam inimigos, é com eles, bom peito lhes faça, embora eu suspeite que acabarão por celebrar paz e aliança (juntando as duas firmas, por exemplo) contra os consumidores, por enquanto lisonjeados com persuasão e blandícias. Se tal acontece, talvez nos reste um 23 como derivativo. Mas pelo rumo que as coisas levam, ainda vem a acontecer tomarem os homens dos papéis dores que não são as verdadeiras suas, e começarem à pancada, aos gritos de "viva-e-morra", qual por baixo, qual por cima (e são homens de meia-idade, cansados, reformados), enquanto os donos do 104 e do 65 contam lá dentro o dinheiro e sorriem ao balcão.

O LAGARTO

De hoje não passa. Ando há muito tempo para contar uma história de fadas, mas isto de fadas foi chão que deu uvas, já ninguém acredita, e por mais que venha jurar e trejurar, o mais certo é rirem-se de mim. Afinal de contas, será a minha simples palavra contra a troça de um milhão de habitantes. Pois vá o barco à água, que o remo logo se arranjará.
 A história é de fadas. Não que elas apareçam (nem eu o afirmei), mas que história há de ser a deste lagarto que surdiu no Chiado? Sim, apareceu um lagarto no Chiado. Grande e verde, um sardão imponente, com uns olhos que pareciam de cristal negro, o corpo flexuoso coberto de escamas, o rabo longo e ágil, as patas rápidas. Ficou parado no meio da rua, com a boca entreaberta, disparando a língua bífida, enquanto a pele branca e fina do pescoço latejava compassadamente.
 Era um animal soberbo. Um pouco soerguido, como se fosse lançar-se numa súbita corrida, enfrentava as pessoas e os automóveis. O susto foi geral. Gentes e carros, tudo parou. Os transeuntes ficaram a olhar de longe, e alguns, mais nervosos, meteram pelas ruas transversais, disfarçando, dizendo consigo próprios, para não confessarem a cobardia, que a fadiga, lá diz o médico, causa alucinações.
 Claro que a situação era insustentável. Um lagarto parado, uma multidão pálida nos passeios, automóveis abandonados em ponto morto — e de repente uma velha aos gritos. Nem foi preciso mais nada. Num ápice a rua ficou deserta,

os lojistas correram as portas onduladas, e uma rapariga que vendia violetas (era o tempo delas) largou o cesto, e as flores rolaram pelo chão, de tal maneira que fizeram em volta do lagarto um círculo perfeito, como uma grinalda de aromas. O animal não se mexeu. Agitava devagar a cauda e erguia a cabeça triangular, farejando. Alguém devia ter telefonado. Ouviram-se apitos, e as duas saídas da rua foram cortadas. De um lado, bombeiros com o material todo; do outro, forças armadas com todo o material. Havia quem dissesse que o lagarto era venenoso, quem afirmasse que as escamas resistiam à bala. A velha continuava a gritar, embora ninguém soubesse onde. A atmosfera carregava-se de pânico. Uma esquadrilha de aviões passou no céu, em observação, e do lado do Rossio começou a ouvir-se o chiar característico dos carros de assalto. O lagarto deu alguns passos, rompendo a grinalda de violetas. A velha foi transportada de urgência para o hospital.

    A história está quase a acabar. Chegámos precisamente ao ponto em que as fadas intervêm, embora por manifestação indireta. Reunidas todas as forças disponíveis, foi dado sinal de avançar. Agulhetas de um lado, baionetas do outro, e o trovejar dos carros roncando na subida — lançou-se o ataque geral. Das janelas, pessoas a seu salvo davam conselhos e opiniões. Mas tudo contra o lagarto.

    O qual lagarto, de repente (por intervenção das fadas, não esqueçam), se transformou numa rosa rubra, cor de sangue, pousada sobre o asfalto negro, como uma ferida na cidade. Desconfiados, os atacantes hesitaram. A rosa crescia, abria as pétalas, rescendia, lavava de perfume as fachadas encardidas dos prédios. A velha no hospital perguntava: que foi que aconteceu? E então a rosa moveu-se rapidamente, tornou-se branca, as pétalas mudaram-se em penas e asas — e uma pomba levantou voo para o céu azul.

Uma história assim só pode acabar em verso:

Calados, muitos recordam,
Na prosa das suas casas,
O lagarto que era rosa,
Aquela rosa com asas.

Há por aí quem não acredite? Eu bem dizia: isto de fadas já não é nada o que era.

NO PÁTIO, UM JARDIM DE ROSAS

 Ao cair da tarde (singular expressão é esta, que faz da luz ou do seu desmaio, "ao cair da noite", algo de pesado e denso que desce sobre a terra agressivamente), depois do dia de trabalho, se o tempo está macio e o cansaço não pede o rápido refúgio em casa, onde em geral outro trabalho espera, gosto de andar pelas ruas da cidade, distraído para os que me conhecem, agudamente atento para todo o desconhecido, como se procurasse decididamente outro mundo. Posso então parar em frente de uma montra onde nada existe que me interesse, ser microscópio assestado às pessoas, radiografar rostos para além dos próprios ossos, penetrar na cidade como se mergulhasse num fluido resistente, sentindo-lhe as asperezas e as branduras. Nessas ocasiões é que faço as minhas grandes descobertas: um pouco de fadiga, um pouco de desencanto, são, ao contrário do que se pensaria, os ingredientes ótimos para a captação mais viva do que me cerca.
 Foi num dia assim, quando descia uma rua estreita por onde o trânsito costuma fazer-se em jorros, deixando nos intervalos uma paz quase rural, que descobri (já a vira antes, mas nunca a descobrira, isto é, nunca tirara de cima dela o que a cobria) a ruína. Para além do muro baixo, das grades e do portão ferrugento, vi o pátio invadido pelas ervas e pelos detritos. Ao fundo, um prédio de dois andares volta para a rua uma frontaria esfolada, toda fendida, com placas de esclerose que são os roços largos causados pela queda da

argamassa. As vidraças estão quase todas partidas, e lá para dentro há uma escuridão que da rua me parece impenetrável, mas por onde certamente deslizam animais esfomeados: ratos que o abandono protege, grandes aranhas trémulas sobre as altas patas, quem sabe se também as hediondas osgas, tristes e palpitantes.

Estou assim, com um meio sorriso reprimido, a imaginar no passeio os feios habitantes da casa, bem a salvo, tal como se me dispusesse a fantasiar habitantes doutros planetas, quando os olhos se me desviam para a esquerda, e logo esqueço tudo. Na empena do prédio ao lado, à altura dos olhos, uma frase escrita em letras vermelhas, maiúsculas, planta de repente um jardim de rosas: A LENA AMA O RUI. Tão insólita é a presença de tal declaração neste lugar, que preciso de ler segunda vez para me certificar: A Lena ama o Rui. Mesmo assim, custou-me aceitar a evidência. Em regra, estas paredes abandonadas enchem-se de esgrafitos insolentes, quantas vezes obscenos, e ali havia apenas uma afirmação de amor, atirada contra o alheamento da cidade. E não se tratava de rabiscos lançados à pressa, no temor de uma interrupção, de uma troça, do ridículo que sempre ameaça quem ao público se expõe. Pelo contrário: as letras, grandes, haviam sido desenhadas com cuidado, e, donde eu podia vê-las, distinguia-se bem que fora usada uma tinta espessa, assim como quem pinta uma outra Capela Sistina para a eternidade.

Uma torrente de trânsito avançou rua abaixo. Deixei-me levar, neste meu passo de sonâmbulo, firme e longínquo, e enquanto descia a rua surgiu-me a interrogação preciosa: quem tinha escrito aquelas palavras? A questão parecerá insignificante a muita gente, mas não a mim, que tenho por ofício e vocação negar precisamente a insignificância.

O mais certo, penso eu, é que tenha sido um rapaz. Acabara de declarar-se, de pedir namoro, ela respondeu-lhe que sim, e então, exaltado e nervoso, sentiu a necessidade irreprimível de comunicar o feito à cidade. É o que deve ter acontecido, os homens é que costumam fazer estas coisas. Mas vamos a supor que foi uma rapariga. Neste caso, tudo muda de figura: já não é o orgulho tingido de fatuidade que caracteriza quase sempre as explosões sentimentais dos homens, é coisa mais grave, é compromisso maior. A rapariga não vai limitar-se a registar na parede que alguém a ama: é, como o sabem ser as mulheres, desafiadora, e então, consciente de que o diz diante do mundo todo, consciente de quanto arrisca, de quanto lhe poderá custar a coragem, faz, em vermelho maiúsculo, a sua proclamação. Vou andando e pensando, e não encontro resposta para a minha pergunta. Foi o Rui? Foi a Lena? Prefiro acreditar que foi ela. Gosto desta rapariga a quem não conheço, voto que seja feliz, que saiba sempre o que quer, mesmo que vá querendo coisas diferentes na vida. E acho que é ela quem vai ali, no outro passeio, a rapariga comum, ágil e fresca, avançando decidida pelo mundo que é esta rua estreita por onde o trânsito irrompe cego. Já lá vai adiante, amanhã mulher que com uma lata de tinta plantou rosas num pátio abandonado.

O FALA-SÓ

Hoje, apesar do céu descoberto e do sol quente, não me sinto para festas. Há dias assim. E um homem não tem obrigação nenhuma de mostrar aqui um sorriso de boas-vindas quando sabe que ninguém está para chegar. Mais vale aceitar (ou assumir, como é inteligente dizer-se agora) as boas e as más horas do espírito, porque atrás de uma vêm outras, e nada está seguro, etc., etc. Desta fatalidade poderia até tirar matéria para a crónica, se mesmo agora me não tivesse passado na lembrança um homem mal enroupado que eu conheci, tonto de seu juízo, o qual homem levava o triste dia a andar para baixo e para cima na rua principal lá da aldeia. Chamavam-lhe evidentemente o Tonho Maluco, uma espécie de bobo fácil dos adultos e de besta sofredora das crianças. Estas coisas são assim e no fundo não é por mal, se o Tonho morresse toda a gente tinha um grande desgosto, pois claro.
 Das malícias do tonto não falo: eram muitas, e nem todas para pôr por escrito. Mas honestíssimas donas de sua casa rompiam aos gritos e empurravam o Tonho para fora dos quintais onde ele se introduzia, silencioso e ágil como um gineto. Adiante. O que me impressionava então e hoje recordo era aquela cisma que o Tonho tinha de falar durante todo o santo dia, ora em altas vozes contra as portas e os prudentes habitantes que atrás se escondiam, ora em estranhos murmúrios com o rosto apoiado numa árvore, ora quase suspirando enquanto a água das bicas lhe ia correndo para

a concha das mãos. Além dos seus outros nomes, apelidos e alcunhas, o Tonho era o Fala-Só. Passaram prodigamente os anos, eu cresci, o Tonho envelheceu e morreu, e eu não morri, mas envelheci. Estas coisas também são assim, e no fundo ninguém nos quer mal, a culpa é do tempo que passa, e quando eu morrer as pessoas também vão ter muita pena. A ver.

Depois de eu ter crescido, soube que também aos poetas davam o nome de fala-só, porque se achava que a poesia era uma forma de loucura nem sempre mansa, e porque alguns abusavam do privilégio de falar alto à lua ou de se lançarem em solilóquios mesmo quando em companhia. Bem sei que tudo isto vinha de uma noção incuravelmente romântica do que seja poeta e poesia. Mas as pessoas, vendo bem, gostam dos loucos, e, quando os não têm, inventam-nos.

Num mundo assim organizado todos tinham o seu lugar: loucos, poetas e sãos de espírito, e todos estavam cientes dos seus direitos e obrigações. Ninguém se misturava. Mas decerto não era assim, porque havia sãos de espírito que passavam a loucos e a poetas, e começavam a falar sozinhos, perdidos para a sociedade da gente normal. Um delgado fio é a fronteira, e parte-se, e gasta-se, e é logo outro mundo.

Quero eu dizer na minha que estas crónicas são também os dizeres de um fala-só. Que esta continuada comunicação tem qualquer coisa de insensato, porque é uma voz cega lançada para um espaço imenso onde outras vozes monologam, e tudo é abafado por um silêncio espesso e mole que nos rodeia e faz de cada um de nós uma ilha de angústia. E isto é tão verdade, que o leitor vai interromper aqui mesmo a leitura, baixa o livro, levanta os olhos vagos e profere as palavras da sua dor ou da sua alegria, di-las em voz alta, a ver se o mundo o ouve e se, pela magia do esconjuro involuntário, começa enfim a compreendê-lo, a si, leitor, a quem ninguém compreende e a quem ninguém ajuda.

De modo que fala-sós somos todos: os loucos, que começaram, os poetas, por gosto e imitação, e os outros, todos os outros, por causa desta comum solidão que nenhuma palavra é capaz de remediar e que tantas vezes agrava.

JOGAM AS BRANCAS E GANHAM

Num romance que provavelmente já ninguém lê — *O diabo coxo*, de Velez de Guevara —, imagina o autor um demónio patusco que tem artes de levantar os telhados das casas para pôr a descoberto o comportamento íntimo dos habitantes da cidade onde a história se passa. Assistimos a algumas cenas edificantes e outras muito menos, mas todas pretexto para as moralizações literárias de que o século XVII espanhol era pródigo. Os exigentes paladares da nossa época achariam desenxabida a leitura, sem nenhum daqueles pratos fortes que têm o direito de esperar quem se disponha a levantar telhados ou a abrir portas de supetão. Nesta matéria, o bom do Guevara é de uma discrição absoluta. Reminiscência traz reminiscência. Vejo-me agora no tempo em que era frequentador constante do "galinheiro" do Teatro de S. Carlos, aquele incrível balcão esquinado e torcido onde se amontoavam os espectadores de menos posses. Por não sei que diabólica punição, nenhum de nós, tirante os da primeira fila, podia ver o palco por inteiro. Se os cantores se deslocavam para o lado escondido, era como se tivessem passado para a outra face da lua. Ouvíamos-lhes as vozes, mas tínhamos de esperar pacientemente que o acaso da marcação os trouxesse de novo à nesga de palco visível.

Responsável por um jogo de pescoço que nos triturava os músculos, era também a coroa real de talha dourada que remata o camarote presidencial. A bem dizer, porém, o que víamos não era rigorosamente a coroa, que reservava os seus esplendores para o público privilegiado da plateia e dos camarotes. Nós, pobres, contentávamo-nos com o reverso dela, o qual reverso não era positivamente agradável: alguns sarrafos mal aplainados, fixados com pregos tortos, muita poeira e teias de aranha. Enfim, quanto bastava para citar o Salomão (Vaidade das vaidades, tudo é vaidade), ou o Camões (Ó glória de mandar, ó vã cobiça), ou o cancioneiro popular (Por cima tudo são rendas,/ Por baixo nem fraldas tem).

O leitor atento já compreendeu aonde eu quero chegar com esta prosa: é que por baixo ou por trás do que se vê, há sempre mais coisas que convém não ignorar, e que dão, se conhecidas, o único saber verdadeiro. Um telhado é uma máscara, e o ponto de vista do "galinheiro" ajuda a perceber melhor a coroa.

E agora, por que é jogam as brancas e ganham? Há de parecer outra história, mas é a mesma que continua. No outro dia, estava eu a jantar num snack tão deprimente que só poderia ter sido inventado por um dispéptico, e tinha, como é meu costume, se estou sozinho, o jornal diante dos olhos. Fui lendo as notícias, todas péssimas para a digestão, e quando o jornal não tinha mais que dar instalei-me numa seção de jogo das damas, toda em diagramas e cifras que os iniciados entendem, mas a que eu, embora não completamente ignorante do entretém, já renunciei. Havia vários problemas ao dispor e por baixo de cada um deles a cabalística frase que é o título desta crónica.

Fiquei a olhar hipnotizado, a sentir a comichão cerebral que anuncia as grandes descobertas. Ali parecia estar um telhado para levantar, uma coroa para ver por trás. Por que é que simples e inocentes problemas de damas me causavam a mim tais frémitos de inventor? E de repente descobri: é que as brancas jogam e ganham. Percebeu o leitor? Alguém me responde daí que a frase é comum, sem mal, uma espécie de código, de orientação — e nada mais. De acordo. Mas que é que levou o criador da frase, o damista, o problemista, ou a sociedade de damistas, ou a companhia de problemistas, a construí-la assim? Por que é que em vez dela não se convencionou usar qualquer destas: jogam as pretas e ganham, ou jogam as brancas e perdem? Venha de lá o diabo coxo e responda: porquê? Porque — diz o demónio sarcástico — nenhum branco seria capaz de ignorar o seu inconsciente para negar, nem que fosse numa simples fórmula de jogo, a superioridade da sua cor, porque nenhum estaria bastante alerta para evitar que transbordasse para o domínio da linguagem a denúncia do complexo particular das relações entre o branco e o preto. Desta maneira, por baixo da pele da linguagem, aparentemente imparcial e isenta, ficou a matéria turva do comportamento que por desvios se disfarça. Agora sem pele, sem telhado, por trás da coroa.

Afinal, nada é simples. Uma frase numa página de jornal, meia dúzia de palavras insignificantes, impessoais — e vai-se a ver, há nelas motivo de sobra para reflexão. Só me falta recomendar ao leitor que aplique o método no seu dia a dia: pegue nas palavras, pese-as, meça-as, veja a maneira como se ligam, o que exprimem, decifre o arzinho velhaco com que dizem uma coisa por outra — e venha-me cá dizer se não se sente melhor depois de as ter esfolado.

Para se adestrar, e como exemplo, deixo-lhe o título de um livro que há muitos anos se via por aí, e naturalmente ainda se vê: era ele *O preto que tinha a alma branca*. Que tal? Nós a julgarmos que a alma não existia, ou se existia não tinha cor, e afinal é branca, e os pretos têm — na preta, porque aquele preto do livro é uma excepção, e só por isso é que a alma dele era branca, etc., etc. Fique o leitor com a charada, e se lhe doer a cabeça, é bom sinal: também, ao que dizem, nascer é um sofrimento.

HISTÓRIA DO REI QUE FAZIA DESERTOS

Era uma vez um rei que nascera com um defeito no coração e que vivia num grande palácio (como sempre costumam ser os palácios dos reis), cercado de desertos por todos os lados, menos por um. Seguindo o gosto da mazela com que viera ao mundo, mandara arrasar os campos em redor do palácio, de tal maneira que, assomando pela manhã à janela do seu quarto, podia ver desolação e ruínas até ao fim e ao fundo do horizonte.

E quem isto ler e não for contar,
Em cinza morta se há de tornar

Encostado ao palácio, da banda das traseiras, havia um pequeno espaço murado que parecia uma ilha e que ali calhara ficar por estar a salvo dos olhares do rei, que muito mais se comprazia nas vistas da fachada nobre. Um dia, porém, o rei acordou com sede de outros desertos e lembrou-se do quintal que um poeta da corte, adulador como a língua de um cão de regaço, já antes comparara a um espinho que picasse a rosa que, em seu dizer, era o palácio do monarca. Deu pois o soberano a volta à real morada, levando atrás de si os cortesãos e os executores das suas justiças, e foi olhar torvo o muro branco do quintal e os ramos das árvores que lá dentro haviam crescido. Pasmou o rei da sua própria indolência que consentira o escândalo e deu ordens aos criados.

Saltaram estes o muro, com grande alarido de vozes e de serrotes, e cortaram as copas que por cima sobressaíam.

E quem isto ler e não for contar,
Em cinza morta se há de tornar.

Mirou o rei o resultado, a ver se seria bastante, a consultar o seu coração defeituoso, e decidiu que os muros deviam ser deitados abaixo. Logo avançaram umas pesadas máquinas que levavam penduradas grandes massas de ferro, as quais, balouçando, deram com os muros em terra, entre estrondos e nuvens de poeira. Foi então que apareceram à vista os troncos degolados das árvores, as pequenas culturas e, num extremo, uma casa toda coberta de campainhas azuis.

E quem isto ler e não for contar,
Em cinza morta se há de tornar.

Pelas nesgas que as árvores deixavam, já via o rei o fim do horizonte, mas temeu que os ramos de repente crescessem e viessem arrancar-lhe os olhos, e então deu outras ordens, e uma multidão de homens se lançou ao quintal e todas as árvores foram arrancadas pela raiz e ali mesmo queimadas. O fogo alastrou às culturas, e diz-se que por essa razão a corte decidiu organizar um baile, que o rei abriu sozinho, sem par, porque, como já foi dito, este rei tinha um defeito no coração.

E quem isto ler e não for contar,
Em cinza morta se há de tornar.

Acabou a dança quando se apagavam as últimas labaredas e o vento arrastava o fumo para o fundo do horizonte. O rei, cansado, foi sentar-se no trono de levar à rua e deu beija-mão, enquanto olhava de sobrecenho a casa e as campainhas azuis. Gritou uma nova ordem e daí a poucos minutos já não havia casa nem campainhas azuis, nem outra coisa, a não ser, enfim, o deserto.

E quem isto ler e não for contar,
Em cinza morta se há de tornar.

Para o malicioso coração do rei, o mundo chegara finalmente à perfeição. E o soberano preparava-se já para voltar, feliz, ao palácio, quando dos escombros da casa saiu um vulto que começou a caminhar sobre as cinzas das árvores. Era talvez o dono da casa, o cultivador do chão, o levantador das espigas. E quando este homem andava, cortava a vista do rei e trazia o horizonte para ao pé do palácio, como se fosse sufocar.

E quem isto ler e não for contar,
Em cinza morta se há de tornar.

Então o rei puxou da espada e à frente dos cortesãos avançou para o homem. Caíram em cima dele, agarraram-lhe braços e pernas, e no meio da confusão só se via a espada do rei a subir e a descer, até que o homem desapareceu e no lugar dele ficou uma grande poça de sangue. Foi este o último deserto feito pelo rei: durante a noite o sangue alastrou e cercou o palácio como um anel, e na noite seguinte o anel tornou-se mais largo, e sempre mais, até ao fim e ao fundo do horizonte. Sobre este mar há quem diga que virão navegando um dia barcos carregados de homens e sementes, mas também quem afirme que quando a terra acabar de beber o sangue nenhum deserto será jamais possível refazer sobre ela.

E quem isto ler e não for contar,
Em cinza morta se há de tornar.

O RATO CONTRABANDISTA

Segundo os dicionários, fábula é uma "pequena composição de forma poética ou prosaica, em que se narra um facto alegórico, cuja verdade moral se esconde sob o véu da ficção, e na qual se fazem intervir as pessoas, os animais, e mesmo as coisas inanimadas". Se a laboriosa explicação está correta, então esta crónica é uma fábula, embora, desde já o declaro, não seja meu propósito esconder aqui qualquer verdade moral. Pelo contrário: no meu fraco entender, as verdades, morais ou imorais (e sobretudo estas), deveriam andar bem à vista de toda a gente, como a cor dos olhos. Decido portanto que isto não é uma fábula: não é alegórico o facto narrado, e quanto à verdade moral, já disse. Aliás, nem vejo como um pobre rato poderia aguentar com tanta literatura e tão pesada responsabilidade.
    Este rato (se ainda não foi morto) vive na fronteira. Qual fronteira?, pergunta o leitor, abrindo o mapa do mundo. Numa fronteira, respondo eu, evasivo, e continuo: é um pequeno rato-do-campo que o acaso das gerações, dos acasalamentos e de certas antigas migrações fez nascer na fronteira, não se sabe de que lado. Ali viveu pacificamente a sua vida, sem a ameaça de gatos ou trigo roxo, atento apenas ao voo sorrateiro do milhafre. Graças aos amáveis impulsos da natureza, fez prole abundante, a qual, sem outras dificuldades, prosperou.
    Seria mais um rato feliz se aos dois países contíguos não ocorresse, ao mesmo tempo, a ideia de apurarem a fundo a

riqueza nacional. Há vinte anos não teria havido complicações: contavam-se as pessoas, o dinheiro, as terras aráveis ou não, as minas, as vacas, os portos de mar. Mas ambos os países possuem enormes computadores, que são aparelhos dotados de um apetite prodigioso, que quanto mais têm, mais querem. Daí que o inventário viesse a ser super-rigoroso. A tal ponto que, tendo sido introduzido no computador o conceito "murídeo", não tardou que o aparelho exigisse, sob ameaça de errar os coeficientes finais, a "riqueza nacional em ratos".

Foi aqui que a desgraça desabou sobre o focinho pontiagudo do bicharoco. Grupos de recenseadores passaram os dois países a pente fino, contando rato a rato, dando-lhes um nó na cauda para não repetirem a contagem — até que chegaram à fronteira. Enquanto houve fartura de ratos de um lado e do outro, os recenseadores não se hostilizaram. Mas chegou o momento em que apenas os separava a linha da fronteira, a qual linha, como se sabe, é invisível. E os ratos que faltavam eram apenas aquele de que venho falando e a sua prole.

Começaram imediatamente os chamados incidentes fronteiriços. Houve trocas de tiros, os ratos foram disputados a soco, moveram-se tropas para grandes concentrações, pronunciaram-se discursos inflamados e ameaças terríveis. É esta a situação no momento em que escrevo.

Um dos países beligerantes conseguiu prender o rato e vai julgá-lo por contrabando. As chancelarias das grandes potências mostram-se preocupadas. Já foram apresentadas várias propostas de conciliação, e uma delas tem muitas possibilidades de ser aceite: consiste em entregar os ratos em litígio aos gatos dos dois países, para que estes, naturalmente, os comam. Desta maneira evita-se o conflito e não se perde a riqueza. Porque o que se vai perder em ratos, ganham-no os gatos. Uma simples transferência.

NATALMENTE CRÓNICA

Vai o ano correndo manso entre noites e dias, entre nuvens e sol, e quando mal nos precatamos, chegámos ao fim, e é natal. Para incréus empedernidos como eu sou, o caso não tem assim tanta importância: é mais uma das trezentas mil datas assinaladas de que se servem inteligentemente as religiões para aferventar crenças que no passar do tempo se tornariam letra morta e água chilra. Mas o natal (tal como as primeiras andorinhas, o carnaval, o começo das aulas, e outras efemérides do estilo) está sempre à coca da atenção ou da penúria do cronista, para que se repitam, pela bilionésima vez na história da imprensa, as banalidades da ocasião: a paz na terra, os homens de boa vontade, a família, o bolo-rei, a mensagem evangélica, o ramo de azevinho, o Menino Jesus nas palhinhas, etc., etc. E o cronista, que no fundo é um pobre diabo a quem às vezes falta o assunto, não resiste à conspiração sentimental da quadra, e bota a fala de circunstância.

Acontece porém que tenho fortes razões para não estar de bons humores, o que me permite esquivar-me desta vez, se alguma outra caí em tão ingénua fraqueza, ao jogo cúmplice do amplexo universal. De mais sei eu que na enfiada de abraços há sempre os que apertam e os que são apertados. De mais sei eu que a confiança é, em muitos casos, a armadilha que a nós próprios armamos, e para ela é que os outros nos empurram, sorrindo. Por isso, esta crónica de natal não vai passar do fala-falando que é a minha única voz possível

quando haveria lugar para gritos. Mas o leitor também lá tem a sua vida, quem sabe se dura e difícil, e não há de aceitar que eu lhe agrave as amarguras. Desculpe o desabafo. Se a mim mesmo proíbo falar dos lugares-comuns da época natalícia, se igualmente me proíbo trazer para o terreiro a gaiola das fúrias pessoais, e mais ainda abrir-lhes a porta — que resta para a crónica? Um mundo de coisas, se eu estivesse em disposição de escolher uma, encontrar-lhe o jeito, surpreendê-la a olhar para outro lado e caçar-lhe o perfil secreto — que é, afinal, em que se resume a arte de escrever. Mas hoje, não. Tudo quanto dissesse teria um ressaibo ácido, não creio que escapasse uma flor a tanta secura. Que direi, então?
 Falarei de si, leitor. Dou-me ao gosto de imaginar que já ganhou um pouco o hábito de parar no rodapé desta página, que algumas vezes aplaudiu e falou aos amigos, que outras vezes não esteve de acordo e disse, enfim, que estas colunas conseguiram ocupar um pequeníssimo espaço na sua vida. É o máximo que posso desejar. Mas agora quereria que descesse um pouco mais ao fundo e fizesse comigo a descoberta do que representa, para quem escreve, a pública exibição do que sente e do que pensa, do que projeta e do que realizou antes, ou falhou. Sobretudo, o cronista, porque faz da matéria da vida (da sua e da alheia, deste mundo e do outro) a ponte de comunicação e a própria comunicação, acho eu que a muito se atreve e arrisca. Não pode ser um reflexo indiferente, um arranjador de notícias que mesmo quando relatam catástrofes têm sempre alguma coisa de impessoal e distante. Há de afirmar-se em cada palavra que escreva, de tal maneira que à terceira linha se acabaram os segredos e o leitor não tem mais remédio que uma destas duas atitudes: ou senta o cronista à sua mesa, como faz aos amigos, ou fecha-lhe a porta na cara, como aos importunos, deixando-o a arranhar desanimadamente a bandurra.
 Ora nós estamos no natal. Não me deixe o leitor cá fora, porque o frio aperta e a maldade das gentes ainda é pior do

que o frio, a chuva gelada ou a lama. (A maldade das gentes, tome bem nota o leitor no seu caderno, é pior do que a lama.) Fico pois aqui sentado, ao canto da mesa, e sou uma testemunha sorridente das suas alegrias, se está nessa maré, ou tento compreender as suas tristezas, se a roda corre contra si. E podemos recordar os casos que lhe contei no desfiar dos dias, dir-lhe-ei o mais que então não pude dizer, e, sobretudo, ficarei calado a ouvi-lo falar da sua própria vida, que, como a Nau Catrineta, também tem muito que contar. Saberei que malhas e nós tecem uma existência que não é a minha, esta que aqui ando a contar, e uma vez mais descobrirei, sempre com o mesmo espanto, que todas as vidas são extraordinárias, que todas são uma bela e terrível história. Ficaremos calados e pensativos, a ouvir o relógio que vai matando os segundos à nascença para que nós possamos dizer o tempo que vivemos.

Talvez daqui a um ano nos voltemos a encontrar neste mesmo sítio. Tornarei a dizer: "Vai o ano correndo manso entre noites e dias, entre nuvens e sol, e quando mal nos precatamos, chegámos ao fim, e é natal". Para que tenha justificação o meu título de hoje. Para que a crónica de natal seja natalmente crónica. Mas não desta maneira.

À GLÓRIA DE ACÁCIO

Dirão uns que o país é pobre de monumentos, outros que já são eles em excesso e que por tudo e nada se levantam memórias em praças e avenidas, mesmo que o cidadão passado ao bronze ou ao mármore não tenha feito mais na vida que deixar na morte um legado para sopas — aos pobres. Ainda assim, não seria grande o mal se o busto ou a estátua de corpo inteiro não fossem, no geral, de uma banalidade sem remédio, que começa na fisionomia empedernida do modelo e remata no convencionalismo flácido da escultura. Do casamento destas partes não é costume nascerem obras-primas.

Ora, se eu pudesse dar conselhos e mos aceitassem, diria aos mal empregados escultores da nossa terra que se voltassem para outras figuras, mesmo que a falta de famílias presunçosas e abastadas tornasse duvidosa a liquidação da fatura. Se bem escolhêssemos os heróis, santos, génios e mártires, talvez se lograsse, graças à suscitação hábil de um espontâneo movimento nacional, amontoar fundos largos onde os tesoureiros das respectivas e necessárias comissões forrageassem à vontade.

E que figuras seriam essas de quem falo? As parentes e beneméritas de todos, aquelas que a literatura inventou, que passam de geração em geração, e que, menos mortais do que nós, sempre encontramos preservadas nas páginas dos livros. Outra coisa não fizeram os espanhóis quando decidiram levantar em Madrid um monumento a D. Quixote e a Sancho Pança, tão ao nível dos olhos que chega a parecer que vamos também de gorra pelos amplos campos da Mancha a desfazer agravos e a restaurar liberdades. É claro que, desta maneira mostradas, as imaginadas virtudes que dos modelos literários irradiam projetam-se para fora e vão distinguir sobre os vivos que, distraídos, tratam dos seus negócios. Então, tornando ao exemplo de Madrid, todos os espanhóis têm sido, nos diferentes tempos por que passaram, um pouco Quixotes, um pouco Sanchos, montando ora o Rocinante ideal, ora o burro sem nome, o burro calado e pragmático.

E nós? Que figura ou figuras impalpáveis da invenção romanesca nacional temos aí que mereçam sem discussão a passagem à matéria dura da estátua? Que figura ou figuras condensam realmente a quinta-essência das nossas virtudes, em qual podemos e devemos comprazer-nos como quem se estima e revê num espelho? Poderia alinhar dez ou vinte nomes e dar logo a seguir as razões por que os eliminaria. É um artifício de estilo que se emprega para valorizar uma proposta final, mas que não vamos usar aqui. Prefiro, honradamente, lançar já o meu candidato: o conselheiro, o conselheiro Acácio, outrora diretor-geral do ministério do reino, autor dos *Elementos da ciência da riqueza e sua distribuição* e da *Relação de todos os ministros de Estado desde o grande marquês de Pombal até nossos dias*, com datas cuidadosamente averiguadas de seus nascimentos e óbitos.

Este, sim, é o meu homem, o que terá o meu voto. Orador inexaurível de lugares-comuns, compilador exímio de números sem prova real, pilar da ordem, respeitador dos poderes estabelecidos e dos regulamentos, servidor de Vossa Excelência, o conselheiro Acácio reclama a estátua que lhe devemos e diante da qual seria nossa obrigação desfilar em romagem sentimental e cívica uma vez por mês.

E onde se erguerá o Monumento? Qualquer cidade de Portugal o mereceria, mas Lisboa, porque nela nasceu o insigne conselheiro e varão eminente, tem a primazia. Contudo, "a sábia Coimbra, a Lusa Atenas", que ele celebrou, "reclinada molemente na sua verdejante colina, como odalisca em seus aposentos", apresenta credenciais que fazem prever uma acesa polémica em que a vivacidade do tom, diria o mesmo Acácio, não afectará o rigor do pensamento nem a elegância da expressão. Se a ideia for por diante, grandes e consoladoras são as alegrias que nos esperam. Acácio em Lisboa ou Coimbra, tanto faz, desde que uma sua imagem em tamanho reduzido seja colocada em todos os lares e lugares, nas cidades, nas aldeias, nas vilas desta proa orgulhosa de uma Europa que se afunda. Para consolo e lição de um país que há de continuar a gerar Acácios até à consumação dos séculos, porque os fados o determinaram e os habitantes da terra tristemente o consentem.

TEATRO TODOS OS DIAS

O palco está deserto. Há uma direita bastante alta e uma esquerda bastante baixa. O pano de fundo tem sinais de uso, alguns remendos de cor igual, mas de tom diferente. Distingue-se, apesar disso, um rosto severo de perfil, rodeado de outras figuras históricas, assaz severas. O Primeiro Ator entra pela direita alta. Traz um cravo na lapela, e nos ombros veem-se-lhe papelinhos coloridos. Dá uma volta pelo palco, para alguns momentos a contemplar o cenário. Depois aproxima-se da ribalta e começa a contar os espectadores. Engana-se e volta ao princípio. Tinham-lhe dito que a lotação está esgotada, mas, pelos vistos, não acredita. Enquanto está contando, entra o Segundo Ator pela esquerda baixa. Vem muito cansado. Tem colada uma tira larga de adesivo na boca. O Primeiro Ator termina a contagem, sorri, faz uma pirueta e dá de frente com o Segundo Ator. Recua, mas logo se aproxima, embora cautelosamente. Dos bastidores ouve--se uma pancada de gongo. A peça vai começar.
    1º ator — Que engraçado! Ouvi dizer que tinhas morrido...
    2º ator (tentando tirar o adesivo) — ...
    1º ator — Mas ainda bem que vieste: ajudas-me na representação. Vinha um pouco preocupado quando entrei. Disseram-me que havia grande expectativa na sala. Realmente, isto está diferente. Todos com um ar muito atento. Não era costume. Falaste?
    2º ator (puxando pelo adesivo) — ...

1º ator — Em todo o caso, estou surpreendido. Esta peça tem sido representada muitas vezes. Ultimamente até com pouca assistência. Sempre os mesmos. Acende-se bruscamente um projetor. O perfil do Primeiro Ator sobrepõe-se ao perfil histórico do fundo.
2º ator (apontando) — ...
1º ator (depois de olhar) — Acendam outro! Na plateia alguém acende uma lanterna elétrica. A sombra pouco nítida do Primeiro Ator desloca-se e vai coincidir com a figura de El-Rei Sebastião à espadeirada aos mouros.
1º ator — Do mal, o menos. (Para o Segundo Ator.) Tens de me ajudar, ouviste? Tens de me ajudar!
2º ator (procurando, nervosamente, arrancar o adesivo) — ...
1º ator (sorrindo para a plateia) — Algum dos senhores quererá vir ajudar o meu colega? Levantam-se da primeira fila três homens vestidos de cinzento. Sobem ao palco, aproximam-se do Segundo Ator, de modo a escondê-lo da vista do público. Há uma certa agitação no grupo. Quando os homens se retiram, o Segundo Ator aparece com uma tira de adesivo ainda mais larga.
1º ator (sorrindo indignado) — Eu pedi que o ajudassem!...
2º ator (encolhendo os ombros) — ...
1º ator (sorrindo aflito) — Ninguém o ajuda? (Tom de desespero sorrindo.) Que é que se faz num caso destes? Na plateia discute-se. Formam-se ajuntamentos. Dois rapazes precipitam-se para o palco, mas são violentamente arrastados para fora do teatro. O Segundo Ator conseguiu descolar uma ponta do adesivo e puxa-a com todas as forças. Pouco a pouco, faz-se silêncio na sala. O Primeiro Ator aproxima-se, indeciso, do Segundo Ator. Estende a mão num gesto indefinido, mas retira-a rapidamente. O Segundo Ator escorrega, cai no chão, e ali, a torcer-se todo, luta com o adesivo. O público levanta-se. Alguns espectadores mais

sensíveis tapam os olhos ou retiram-se. O pano de fundo escurece lentamente. Todos os projetores da sala focam agora o Segundo Ator. O silêncio é total. Num último esforço, o Segundo Ator arranca o adesivo. O Primeiro Ator recua, desta vez assustado. Enquanto o Segundo Ator se levanta, devagar, o fundo volta a iluminar-se. É uma tela branca, irradiante. O Segundo Ator está de pé, abalado por uma longa vertigem.
2º ator (abrindo e fechando a boca como se falasse) — ...
1º ator (dirigindo-se ao Ponto) — Ele pode falar?
Ponto — Deve.
1º ator (timidamente) — Fala...
Vozes na plateia — Cala-te!
Vozes na plateia — Fala!
1º ator — Cala-te!
2º ator (num grito estrangulado) — Pátria!
Nos bastidores soa outra vez o gongo. Acabou a peça?

A PRAÇA

Juntavam-se na praça ao domingo, chovesse ou fizesse sol. Punham uma camisa lavada, as calças de cotim menos remendadas, as botas ensebadas de fresco, quando não os sapatos de tromba larga, que nenhuma pomada conseguia pôr a brilhar. O colete era indispensável, ou a jaqueta, quando as posses lá chegavam. Na cabeça, o chapéu preto, mole, ou o barrete de igual cor. Verde só para os campinos, o pessoal da praça era gente de pé. E nas mãos de todos eles, o pau, símbolo de virilidade e poder, instrumento de ataque e defesa, atravessado no caminho dos ombros, como o ramo horizontal duma cruz onde sobrepostos os braços descansavam.

Reuniam-se em grupos enquanto os feitores não chegavam. Davam rápidos cachações nos garotos que brincavam ao bate-e-foge e assim cortavam os diálogos espaçados, as meias frases que transportavam os temas principais da conversa: o trabalho, o patrão que se esperava, o último desvirgamento; o provável preço da jorna. Os mais velhos encostavam-se ao pau, fazendo da mão esquerda um ninho que lhes protegia o sovaco, e assim ficavam horas numa conversa lenta, interrompida por intervalos na taberna. Os mais novos bebiam menos, floreavam o pau em jeito de corte, quando as raparigas, sempre aos grupos, de braço dado, atravessavam a praça numa provocação sorridente e um pouco sonsa. Nessas ocasiões se faziam grandes jogos de olhares mal disfarçados, que vinham firmar namoros apenas incipientes, ou pôr ideias de casamento nos rapazes. Em épocas certas do ano, alguns moços deixavam a aldeia. Era a tropa. Só alguns não voltavam. Quase todos, passado o tempo do serviço, retomavam a enxada, a gadanha e a pá de valar — e continuavam a reunir-se na praça ao domingo, mais velhos, sacudindo os próprios filhos, enquanto esperavam que viessem propor-lhes a jorna, segundo a fórmula tradicional: tantos mil-réis e um litro de vinho. Encorreavam-se-lhes os rostos, os cabelos embranqueciam e rareavam, ali na praça, debaixo dos plátanos e ao pé da bomba, rodeados pelas mesmas casas baixas. Nem sempre havia trabalho. E outras vezes havia, mas os homens não o queriam. Os feitores subiam a jorna até onde estavam autorizados: era uma guerra, ora ganha, ora perdida. Até hoje.

Juntam-se na praça ao domingo pela manhã e ali ficam durante algumas horas. Falam baixinho, como quem não quer incomodar nem sequer as pedras. Têm uma linguagem incompreensível, em que de vez em quando parece aflorar uma palavra conhecida, que logo se perde numa cascata dispersa de sons raros. Em todo o circuito da praça, as lojas mostram as portas fechadas, e a estátua que está ao meio, aquela que representa o poeta, parece uma ruína morta, alheia aos homens que a rodeiam. Estes vestem quase todos de escuro. Alguns são belos. Altos, delgados, têm feições finas e melancólicas. Outros parecem contrafeitos, torcidos como plantas do deserto que muito tivessem procurado a água.

A placa central da praça pertence-lhes. Os habitantes da cidade passam de longe, a fingir que não reparam, olhando para o lado, como quem não pode ser natural ou não se habituou ainda a sê-lo. Olham gulosamente e à socapa as raras mulheres dos homens da praça. O cheiro do trópico, o segredo das ilhas, perturba um pouco o cinismo inábil do branco.

E elas, as mulheres, quase todas novíssimas raparigas, são belas sem excepção, de olhos alagados e veludosos, e quando conversam com os homens da sua raça sorriem muito. Talvez não sejam alegres, mas sabem o que é a alegria. Os companheiros são graves: andam lentamente de um modo ondulante, como quem ainda sente nos quadris o roçar do capim e das plantações. Durante horas, a praça fica coalhada de homens estranhos. Para ali se transportou o largo de terra calcada pelos pés de gerações, uma espécie de porto de salvamento onde se colhem notícias da ilha e dos companheiros. Dali irão ao trabalho da semana seguinte com o contentamento de se saberem juntos.

Um largo da província, uma praça de Lisboa: a mesma necessidade de espaço livre e aberto, onde os homens possam falar e reconhecerem-se uns aos outros. Onde possam contar-se, saber quantos são e quanto valem, onde os nomes não sejam palavras mortas mas antes se colem em rostos vivos. Onde as mãos fraternalmente pousem nos ombros dos amigos, ou afaguem devagar o rosto da mulher escolhida e que nos escolheu, sejam eles do outro lado do rio ou do outro lado do mar.

O ÓDIO AO INTELECTUAL

Com a humildade convinhável aos grandes atos de contrição pública, tenho de confessar uma anormalidade: não gosto de revistas. O espetáculo português por excelência (não seria preferível dizer lisboeta?), a nossa mais importante contribuição no domínio das formas teatrais, causa-me um aborrecimento infinito, como se assistisse (e é verdade) a algo profundamente deprimente. A banalidade das palavras, o arroz mole e sem surpresas dos trocadilhos, que já eram velhos em tempos de D. Pedro e D. Miguel, o pau de dois bicos da alusão política — tudo isto compõe um zumbido entorpecedor que rapidamente se transforma em tédio. E quando rio (que remédio!) é sempre um pouco de mim, pela fraqueza.

De longe em longe, deixo-me arrastar. Lá vou contrariado ao cepo, submeter-me à tortura de duas horas de um espetáculo que se apregoa irreverente e não vai além da facécia, que se diz contestador e sempre foi uma das peças da engrenagem conformista. Se levo ilusões de possível novidade à entrada, não trago nenhumas à saída: o processo de fabrico é igual, os ingredientes não variam, as ousadias são cautelosas — e a frustração, essa, sim, é que não tem limites.

Eu sei, todos sabemos que o espetáculo visto e ouvido não é o espetáculo pensado e escrito, que os artistas têm de conformar-se com os maus textos (não há outros), com a música má (não se escreve música nova, remói-se a antiga), com o próprio gosto do público que, invariavelmente, prefere encontrar no palco o sistema de referências que lhe é familiar e o não obriga a excessivos esforços mentais. Sabemos tudo isto. Sabemos também que a arte (mesmo nas suas manifestações menos ambiciosas) reflete sempre o rosto da comunidade que a produz. Não é pois de estranhar que a sociedade lisboeta (digo lisboeta, não digo portuguesa) desfile assim e fale desta maneira no palco do teatro. Tudo confere. Até o preconceito citadino de fazer do provinciano um parolo, embora, neste caso, pareça promovê-lo à dignidade de bufão a quem, porque o é, se consente a licença de proclamar as verdades possíveis.

Isto são coisas ditas e repisadas que não irão cortar um dia sequer na carreira de qualquer desses espetáculos — nem era esse, aliás, o propósito. A vida custa a todos, dizer mal é fácil, e eu sou, já o tenho dito, um homem pacífico que não se mete em polémicas e desafios. Há, no entanto, na revista portuguesa (vá, desta vez), uma constante que, sabe-se lá por que bulas, tem passado a seu salvo nas malhas mais ou menos apertadas da crítica: é o rancor, o desprezo, o ódio ao intelectual.

Nunca repararam? Os autores do poema (é assim que se chama, no dialeto teatral, o texto que temos a paciência de ouvir) não perdem nunca a oportunidade, ou inventam-na, de desferir uma bicada nessa não definida figura que tem por nome intelectual. A estocada resulta sempre: o público reage com o riso próprio de quem foi lisonjeado, e fica, decididamente, à espera de mais. Não tem importância: mesmo que a alusão não se renove, os assistentes já estão confirmados na preciosa e bem enraizada ideia em que vivem: "O intelectual, ora, o intelectual". E assim se satisfaz toda a gente: o intelectual e o provinciano são dois ótimos temas de galhofa, dois extremos que na troça se aproximam.

Ora, se me permitem, gostaria de exprimir aqui um voto: o de que chegue a este país o dia em que todos os seus habitantes sejam intelectuais, o dia em que o exercício continuado da inteligência seja, não um privilégio de poucos mas a natural realização de todos. Não vejo por que há de ser sempre incompatível o desempenho de um ofício dito manual com o estudo contínuo, o esforço da inteligibilidade, que caracterizam (ou deverão caracterizar) o intelectual. Não vejo por que não há de ser precisamente intelectual o ator que contra o intelectual faz rir o público.

Longe de mim, evidentemente, a ideia de considerar intocáveis os "profissionais da inteligência". Merecem, como qualquer outra gente, ser expostos no palco da revista (que deveria ser pelourinho moral, e não o é), mas por motivos que nada teriam que ver com o facto de serem intelectuais: o oportunismo, o compromisso, a falta de carácter — quando destas mazelas sofram. Então, sim, implacavelmente, porque são males do espírito e não apenas contra o espírito.

Não haverá grandes probabilidades de nos salvarmos, se não salvarmos a inteligência. Até ao dia em que já não farão falta os intelectuais, porque todos o serão.

O DÉCIMO TERCEIRO APÓSTOLO

Registe já o leitor, seja qual for a sua condição, classe, casta — ou função — que não venho brincar com assuntos tão sérios como o cristianismo. Faço o aviso porque isto é uma terra de gente suscetível, que preza muito as convicções dos seus avós e tem ainda na memória os bons tempos em que se celebravam festivos autos de fé, ou aquelas solenes execuções que punham em feriado e movimento uma cidade inteira, como foi o enforcamento do estudante Matos Lobo, em 1842. (Ao leitor curioso, e, como se diz, ávido de emoções fortes, recomendo o relato de António Feliciano de Castilho, publicado na *Revista universal lisbonense* e transcrito por Sampaio Bruno em *Os modernos publicistas portugueses*: é uma peça fina e bastante provativa da benignidade dos nossos costumes.)

Desviei-me, mas torno à matéria. Repito: não venho brincar com uma religião que vai em dois mil anos de existência e está fazendo um sério esforço para compreender o terreal mundo em que vive. Acresce que Portugal é um país maioritariamente cristão, e a liberdade religiosa autorizada por lei não me dá a mim a liberdade de desencadear novas guerras santas. Nem eu queria: sinto-me bem neste ateísmo pacífico, nada belicoso, que é o meu.

Pois nos tempos em que Cristo andou pelo mundo andavam com ele os apóstolos, cujos nomes aqui ficam para quem os esqueceu, ou nunca os soube: Simão Pedro, Iago, filho de Zebedeu, João, André, Filipe, Bartolomeu, Tomé, Mateus, Iago, filho de Alfeu, Tadeu, Simão Cananeu e Judas Iscariotes. Eram doze, e tirante o último que foi o malvado, andaram depois pelo mundo a pregar a boa-nova, a batizar, a converter os gentios, em suma, a propagar a fé. Foi-lhes dado o poder de falar todas as línguas, de tão miraculosa maneira que as pessoas "os ouviam falar a elas cada uma na sua própria". Se a lembrança dos textos me não falha, todos os apóstolos acabaram em prisões e martírios, e todos foram santos, exceto Judas Iscariotes, que se enforcou. A Igreja começou a sua história, e por aí tem vindo, a escrever belas páginas e outras menos, entre divisões e cismas, pequenas seitas desviadas do tronco principal, até esta procura de uma unidade diversificada ou, talvez melhor, de uma diversificação unitária. Veremos.

Entretanto, estamos vendo já aqui o décimo terceiro apóstolo. Como os antigos, corre o mundo todo e fala todas as línguas. A par dos métodos que a tradição legou, aplica os novos processos de marketing, utiliza largamente os audiovisuais, incita os continuadores de Miguel Ângelo a desenharem cartazes e os imitadores de Dante a versicularem slogans. O décimo terceiro apóstolo é alto, elegante, desportivo, cheira a água-de-colónia, tem as fontes adequadamente grisalhas, a pronúncia saxónica, um pouco ciciada — e chama-se Publicidade.

E por que havemos nós de escandalizar-nos? Cada época emprega os meios de que dispõe, quando não os força, como foi o caso já referido do milagre que fez dos apóstolos poliglotas por razões de eficiência. Não nos espante pois que as igrejas do nosso tempo tenham decidido usar os métodos promocionais que deram boas provas na criação de necessidades e satisfação delas, ad majorem sociedade de consumo gloriam.

Em todo o caso (e isto confirma o velho dito de que os céticos são melindrosos em pontos de religião), causa-me engulhos ver uma cruz alçada entre grandes anúncios de detergentes e camisas antirrugas. Como dizia aquela tia velha que não tive, mas que todos tiveram: "Não acho bem". Coitada, já lá está. Poupou-a o benévolo destino a este desgosto.

UMA CARTA COM TINTA DE LONGE

Quem escreve, penso eu que o faz como no interior de um cubo imenso, onde nada mais existe que uma folha de papel e a palpitação de duas mãos, rápidas, hesitantes, asas violentas que de súbito descaem para o lado, cortadas do corpo. Quem escreve tem à sua volta um deserto que parece infinito, reino cuidadosamente despovoado para que só fique a imagem surreal de um campo aberto, de uma mesa de escriturário à sombra da árvore inventada, e um perfil esquinado que tudo faz para assemelhar-se ao homem. Quem escreve, penso eu que procura ocultar um defeito, um vício, uma tara aos seus próprios olhos indecente. Quem escreve, está traindo alguém.

Escrevo esta crónica de longe, da grande e infeliz cidade que cresceu à beira do Tejo, escrevo-a de mais longe ainda, de um país muito amado, onde os campos estão plantados de ciprestes e os lugares se chamam sonoramente Ferrara ou Siena, terra italiana que mais amo depois da minha, escrevo de uma rua que tem o nome de Esperança, onde se reuniram pela última vez os conjurados do 5 de Outubro, onde passam hoje os meus vizinhos brancos e pretos, onde por vezes, defronte da minha porta, vem parar gente que não é do bairro, que ninguém conhece, e que fica a olhar o ar como se estivesse a medir poluições ou a decifrar misticamente os mistérios da criação do mundo. Escrevo com tinta de longe e angústias de bem perto.

Não tenho nenhuma história para contar. Sinto-me cansado de histórias como se subitamente tivesse descoberto que todas foram contadas no dia em que o homem foi capaz de dizer a primeira palavra, se é que houve realmente uma primeira palavra, se é que as palavras não são todas elas, cada uma e em cada momento, a primeira palavra. Então tornarão a ser precisas as histórias, então teremos de reconhecer que nenhuma foi contada ainda.

Bom prazer é este de estar sentado à sombra da árvore inventada, neste cubo imenso, neste infinito deserto, a escrever com tinta de longe — a quem? Para lá do risco que separa as areias e o céu, tão longe que sentado as não vejo, andam as pessoas que vão ler as palavras que escrevo, que as vão desprezar ou entender, que as guardarão na memória pelo tempo que a memória consentir e que depois as esquecerão, como se fossem apenas o boquejar sufocado de um peixe fora de água. Sentado no meio do campo despovoado, o escrevente segura o seu esquinado perfil para que nele se não percam os sinais de uma humanidade que cada instante torna mais imprecisa. E vai pondo signos no papel, desejoso de torná-lo aberto e côncavo como o céu noturno para que não venha a perder-se o incoerente discurso, ressalvo agora em pequenas luzes que levarão mais tempo a morrer.

Quem vai ler o recado intraduzível na linguagem do comer e do beber? Quem o deitará consigo na sua cama, mais a mulher ou o homem com quem dormir? Quem suspenderá o arco da enxada, o movimento do martelo, para ouvir o que não é uma história contada da grande e infeliz cidade? Quem arrumará o camião na berma da estrada, na reta livre, com sombras derramadas, para saber, respirando o óleo e o rescaldo do motor, as notícias de Júpiter gigante no céu negro? Quem dirá seu o que foi escrito no interior do cubo, no lugar onde se espeta o compasso, na intersecção do escrevente e do tempo? Quem justificará enfim as palavras escritas?

Também é bom fazer perguntas quando se sabe que não irão ter resposta. Porque depois delas se podem acrescentar outras, tão ociosas como as primeiras, tão impertinentes, tão capazes de consolação no retorno do silêncio que as vai receber. Sentado no deserto, o escrevente sentir-se-á docemente incompreendido, chamará em seu auxílio os deuses a que mais quer, a eles se confiará, e todos juntos, ponto-contraponto, saberão achar as boas razões, as dormideiras da consciência, até que o benévolo sono os reúna e retire deste baixo mundo. Não seja, porém, assim desta vez. Dobre o escrevente a sua mesa, faça dela seu bornal e mochila, se de obra doutra ferramenta não lhe calhou ter ciência, mude o papel em bandeira, e vá na travessia do deserto, nas três dimensões do cubo, aonde estão as pessoas e as perguntas que elas fazem. Então o recado se traduzirá, será toalha de pão e com ele nos agasalharemos do frio. Então se tornarão a contar as histórias que hoje dizemos impossíveis. E tudo (talvez sim, talvez sim), começará a ser explicado e entendido. Como a primeira palavra.

APÓLOGO DA VACA LUTADORA

Não invento nada. Faço esta declaração imediata porque adivinho já os sorrisos solertes ou desconfiados daquela gente para quem o extraordinário é sempre sinónimo de mentira. Essas pobres pessoas não sabem que o mundo está cheio de coisas e de momentos extraordinários. Não os veem, porque para eles o mundo aparece como coberto de cinzas, comido de verdete baço, povoado de figuras que usam roupas iguais e falam da mesma maneira, com gestos repetidos sobre gestos já feitos por outros desaparecidos seres. É gente para quem talvez não haja remédio, mas a quem devemos continuar a dizer que o mundo e o que está nele não são o tão pouco que julgam.

Isto me lembra um pequeno incidente ocorrido aqui há dias, que foi também extraordinário, pelo menos tanto, ou talvez mais, nunca se sabe. Ia eu a subir a minha rua, sossegada rua onde acontecem de vez em quando umas discussões, umas zaragatas de gente triste, e era já perto da meia-noite, quando vejo a pouca distância, especado no meio do passeio, um homem que gesticulava e falava alto. Fazia gestos largos, violentos, como se estivesse a transmitir para muito longe uma mensagem cujo sentido ninguém decifraria. Como qualquer pessoa que do álcool faça apenas consumo normal ou abaixo da média, tenho um certo receio instintivo dos bêbados. Para mim, saíram da humanidade do mundo, e criaram por lá umas leis que não conheço. A irresponsabilidade de um bêbado tolhe-me a palavra. Singularmente, é também o que me acontece com as crianças: nunca soube como havia de falar-lhes.

Volto ao assunto. Hesitei, mas obriguei-me a continuar o caminho, desse por onde desse. E fiz bem, pois ali me aconteceu a tal extraordinária coisa, que teria perdido se tivesse atravessado para o outro lado da rua, como cheguei a pensar.

Ao passar ao lado do homem, que continuava a fazer gestos e a falar violentamente, vejo-o estender o braço para mim, de rompante. Não cheguei a assustar-me. Tinha na frente a mão aberta, estendida com um ar de fraternidade imperiosa a que não me era consentido fugir. Dei-lhe a minha mão e ficámos, de olhos nos olhos, em silêncio, qual o bêbado, qual o lúcido. E tenho de declarar que raras vezes na vida apertei mão tão firme e tão quente, tão densa e tão franca. A aspereza da pele vibrava na minha como uma comunicação viva. Quanto tempo durou isto? Nem um segundo, mas estas coisas não se medem pelo tempo.

A história que eu decidira contar e que o título resume, levou muito mais tempo. Foram doze dias e doze noites nuns montes da Galiza, com frio, e chuva, e gelo, e lama, e pedras como navalhas, e mato como unhas, e breves intervalos de descanso, e mais combates e investidas, e uivos, e mugidos. É a história de uma vaca que se perdeu nos campos com a sua cria de leite, e se viu rodeada de lobos durante doze dias e doze noites, e foi obrigada a defender-se e a defender o filho. Poderemos imaginar esta longuíssima batalha, esta agonia de viver no limiar da morte, de ter de lutar por si mesma e por um animalzinho débil que não sabe ainda valer-se? Um círculo de dentes, de goelas abertas, as arremetidas bruscas, as cornadas que não podem falhar. E também aqueles momentos em que o vitelo procurava as tetas da mãe, e sugava lentamente, enquanto os lobos se aproximavam, de espinhaço raso e orelhas aguçadas.

Não imaginemos mais, que não podemos. Digamos agora que ao fim dos doze dias a vaca foi encontrada e salva, mais o vitelo, e levados em glória para a aldeia, como heróis

atrasados daquelas antigas histórias que se diziam às crianças para que aprendessem lições de coragem e de sacrifício. Mas este conto é de tal maneira exemplar, que não acaba aqui: vai continuar por mais dois dias, ao fim dos quais, porque se tornara brava, porque aprendera a defender-se, porque ninguém podia já dominá-la ou sequer aproximar-se dela, a vaca foi morta. Mataram-na, não os lobos que em doze dias vencera, mas os mesmos homens que a haviam salvo, talvez o próprio dono, incapaz de perceber que, tendo aprendido a lutar, aquele conformado e pacífico animal não poderia parar nunca mais.
Queria eu contar esta história, simplesmente, sem extrair dela qualquer moral, tanto mais que não estou aqui para dar lições. Mas veio meter-se de permeio a história do bêbado a quem apertei a mão, e agora não sei por que no meu espírito se aproximam as duas histórias, quando todos nós (eu e os leitores) claramente estamos a ver que nada têm uma com a outra. Decido deixar aqui estes dois casos, sem comentários. Fiquemos a pensar neles como quem, devagar, mexe em dois objetos de uso desconhecido, à espera de uma chave que os abra ou de encontrar o lado que lhes é comum.

AS MEMÓRIAS ALHEIAS

Aqui há uns bons vinte anos deu-me um interesse repentino pelos casos e pessoas do começo do século. Achava eu que naquele tempo estaria a explicação de coisas que não conseguia entender e que ainda hoje basto me confundem, e se é verdade que não me esclareci muito, pude ao menos reconhecer umas tantas pessoas de quem o ensino oficial pouco mais me dera que o nome. Gastei horas inúmeras no ambiente cheirante a bafio de alfarrabistas, esgrilando nas prateleiras à busca de livros que me dessem o santo-e-senha desejado, o abre-te Sésamo, uma simples chave capaz de me ajudar a decifrar as linhas cruzadas daqueles homens que na cidade de Lisboa (esta, ou outra? A mesma, ou uma que no mesmo lugar àquela se sobrepôs?) andaram por salas fechadas, por corredores sombrios, por largas avenidas varridas de tiros, conspirando e tecendo, e por fim atirando às claras os gritos da República.
    Juntei dezenas de livros, tomei notas, organizei um grosso ficheiro que depois deixei dispersar: metera-se-me na cabeça fazer obra de historiador, escavar os textos e as memórias dos outros até encontrar o veio de água livre, a verdade puríssima. Ao cabo de um ano, desisti. Estava afogado numa irreprimível onda, sentia-me obsidiado, tomado de ideia fixa, murmurando nomes, datas, lugares, encadeando factos, retificando a toda a hora, opondo depoimentos diferentes, verificando suspeitas e insinuações — um inferno. Não tive resistência bastante, e hoje, de tão boas intenções,

restam-me uns poucos livros, umas raras notas que a ninguém servem. Falhei, e aborreço-me por ter falhado.

Hoje, porque o dia 5 de Outubro acaba de passar, vêm--me estas coisas à lembrança e por causa delas volto a folhear velhos opúsculos e folhetos, com as capas manchadas de humidade, alguns anotados por mãos que não conheci (quem sabe se de gente que como eu teve a veleidade de descobridor de filões), e sinto um renovo da curiosidade antiga, a espécie de febre de caçador de factos que faz dos historiadores doentes crónicos. Não me vejo perigos de recaída, mas sei o que significa este tremor das mãos no virar das páginas: o segredo está em qualquer parte, debaixo dos dedos, numa entrelinha que se esconde.

Pego no Relatório de Machado Santos, escrito em 1911 e já cheio de amargura e de queixumes; folheio o opúsculo de José Maria Nunes, inventor de bombas, espécie de Nobel sincero que destina o produto da venda da obrinha coletiva *A bomba explosiva* às humanitárias instituições que eram o Asilo de S. João, a Obra Maternal, o Vintém Preventivo, o Centro Republicano João Chagas, o Centro Escolar Republicano Dr. Castelo Branco Saraiva e a Associação Escolar do Ensino Liberal: para o autor, nem um tostão. E percorro também as páginas irritadas doutro folheto, escrito por Celestino Steffanina, aceso adepto de Brito Camacho. Vou lendo, lendo, e no fim dou uma vez mais com o que estes vinte anos me haviam feito esquecer: a "Relação dos mortos e feridos durante a Revolução, segundo as notas fornecidas pelas administrações dos hospitais militares e civis, Misericórdia, Morgue e Cemitérios". E admiro-me como foram assim tantos e ninguém os conhece.

Ao leitor que anda por longe destas coisas antigas, pergunto: quantos calcula que foram? vinte? trinta? cinquenta? cem? Não acerta, com certeza, porque no dizer de muita gente que veio depois, a revolução do 5 de Outubro foi uma escaramuça entre um regime podre e meia dúzia de revoltosos pouco seguros. Eu digo: entre mortos e feridos, se a relação de Steffanina não foge à verdade, foram 440, e se, para o reconhecimento da gravidade do caso, 76 mortos chegam, aí os tem o leitor.

Há nesta lista poucas figuras conhecidas de quem tenha ficado o nome: o almirante Cândido dos Reis é o mais familiar, e este tem apelido em esquina de avenida, mas de jeito que ninguém saiba de quem se trata, como pouca gente saberá também por que está na Avenida 24 de Julho tal data. Boa razão tinha aquele polícia amador do Edgar Poe, que dizia não haver melhor modo de esconder alguma coisa que tê-la bem à vista.

Vou percorrendo os nomes e vejo as profissões: soldados, marinheiros, carpinteiros, tipógrafos, alfaiates, comerciantes, tanoeiros, descarregadores, padeiros, funileiros, tecelões, serralheiros, estudantes, moços de fretes — um rosário interminável de ofícios populares. E, neste ler e pensar, encontro de súbito o número 399 da lista com a seguinte menção: "Desconhecido". Nada mais, além de o ter morto uma arma de fogo e ter recolhido à morgue.

Ponho-me a reflectir, a olhar a palavra irremediável, e digo a mim mesmo, enfim, que se não escrevi a verdadeira história da revolução de 5 de Outubro foi apenas porque nunca conseguiria saber quem havia sido aquele homem: 399, morto com um tiro e transportado para a morgue. Anónimo português.

CAVALOS E ÁGUA CORRENTE

Um homem vai para a guerra, deixa a mulher na terra como deixou o cavalo ou a casa, com o sentido do proprietário que tanto quer ao que possui como tranquilamente o esquece, porque é o senhor e não admite que o mundo seja outra coisa que o servo da sua conveniência. Dá a essa mulher o pouco que pode, e mais não, pois o ter é muitas vezes desapego e outras tantas indiferença e suspeita. A mulher foi colhida de passagem, como uma espiga que nasceu na beira do caminho e é arrancada ainda com o cereal em leite, tão longe da maturação como do primeiro verdear da semente aberta. Estas coisas repetiram-se nos tempos todos e ninguém aceitará que possam ser diferentes, só porque o tempo é de guerra e a mulher se chama Djamília.

Contudo, essa é a razão por que o romance de Aitmatov e o filme que com a matéria dele se fez não é uma história banal de adultério e abandono do lar que entre os cortinados burgueses se agudiza de picante e se bovariza. Esta mulher chama-se Djamília, trabalha a terra, longe na Ásia Central, entre montanhas a que as nuvens se agarram como barcos que lançaram cansadamente a âncora. E no regaço dessas montanhas, em vales que são ondulantes como palmas da mão e sulcados de regatos como elas o são de linhas de vida e de morte, crescem searas, como oceanos em movimento constante, porque há um vento desafogado que ali se expande e exalta, até não ser mais vento mas respiração do ar e de todas as coisas. Por isso os cabelos de Djamília

lhe cobrem o rosto e se erguem como a cauda solta de uma égua à desfilada.
 E um dia um soldado que foi ferido na mesma guerra vem ajudar aos trabalhos do campo com a força que ainda tem. Carrega sacos de trigo, conduz a carroça que tem o feitio de um berço largo, e cala-se discretamente enquanto olha Djamília que ergue os braços para segurar os cabelos, que os move no movimento circular da gadanha, que abre caminho por entre as vagas da seara, como outra figura de proa que oferecesse os seios morenos às águas.
 E outro dia, que não foi dia, mas noite sufocante de verão, Djamília entrou vestida nas águas do rio e delas saiu ardendo como a primeira mulher e foi deitar-se na palha onde o soldado ferido esperava o princípio do mundo. E tudo foi como devia ser.
 É só isto a história de Djamília e de Daniiar, e o mais que nela há ninguém o pode contar. Enquanto os dois fogem do ódio e se perdem (e se encontram) para além do horizonte e das montanhas, longe de tudo e tudo levando consigo, é tempo de reunir o que a nós cabe em partilha, o quinhão, o punhado de terra, o invisível cheiro do vento, esta ondulação interminável das searas. E também o pelo luzidio e húmido dos cavalos, a maciez das suas narinas trémulas, o côncavo tépido da garupa, e este movimento sacudido que faz voar as crinas. Fixemos, antes que fujam, o rápido galope em que se confundem as patas e os dorsos, o tropear de trovoada, a força e a vertigem. Mas agora, contraponto sujeitado de tudo isto que é livre e veloz, olhemos aquele cavalo de mãos travadas que avança dificilmente, aos sacões, enquanto pasta sob um céu negro todo rodeado de montanhas. Tanta beleza e tal, que não se suporta e cobrimos os olhos com os dedos.
 Mas há os rios, as correntes de água que deslizam sobre seixos, sobre pedras roladas, redondas como seios ou como faces de crianças, e que murmuram sem fim nos lugares pouco profundos, para mais adiante alastrarem serenamente, com um suspiro que não se ouve porque é apenas um

súbito silêncio. Por estes rios avançam cavalos levantando espuma, nestas águas frias ateou Djamília o seu ardor e a sua liberdade — e a imagem da corrente vivíssima fica nos olhos como uma via láctea que o sol semeia de espelhos e a lua cobre de flores brancas. Em verdade vos direi que no princípio era a água. O filme vai acabar. Despediu-se a última imagem. Tenho um segundo, antes que as luzes apareçam, para descobrir o que ainda me falta. E é neste segundo que a memória me restitui um sonho antigo, daqueles sonhos raros em que se juntaram todas as cores do mundo: por uma corrente de águas baixas, de pouco mais que um palmo de altura, avanço nu na direção da nascente, também sobre um fundo de pedras roladas que rangem sob os pés, enquanto a água faz um rumor solto de seda rasgada. Avanço por este rio acima, nu, sob o sol claro, e aos lados há uma relva verde, rasteira, e árvores enormes e quietas. Não sei o que isto significa, que coisas me estão sendo murmuradas neste sonho, mas certamente o tempo futuro mo dirá. Nu, subindo as águas da corrente — caso tão poucas vezes visto, mas tão simples, como uma lei que tudo explicasse.

O GENERAL DELLA ROVERE

Em 1959, há catorze longos anos, Roberto Rossellini fez um filme a que chamou *O General della Rovere*. Durante todo este tempo, a película andou a viajar pelo mundo, interessou milhares de pessoas, terá modificado subtilmente algumas ideias e alguns comportamentos, fez o seu dever de obra de arte: ser e agir. Sabíamos da sua existência como se sabe o nome de um país distante que nunca visitámos e que, no fundo, nunca tivemos esperanças de vir a conhecer. Até que um dia o milagre acontece e nos achamos no limiar da fronteira.

Querem, porém, as conveniências da distribuição que a província seja aquela prima pobre para quem ficam os vestidos usados ou a quem se oferecem, com risonho desdém, trapos novos de má qualidade. De modo que *O General della Rovere* nunca entrará (quase apostamos a cabeça) nos circuitos de distribuição das pequenas cidades e vilas. Estas são as vítimas preferidas dos melodramas piegas, dos westerns de cavalos a correr e meninas que já sabem tudo, dos polícias inteligentíssimos e ágeis no gatilho — toda a farrapagem mistificadora e rendosa que enche as burras dos produtores.

De que adianta então falar de um filme que a maioria dos leitores nunca verá? Será este filme obra-prima tal que justifique um tratamento assim por parte do cronista, o qual cronista não vai certamente passar a relator de argumentos cinematográficos? Direi que *O General della Rovere* não é essa obra-prima, e, no que me toca, direi também que falar dele representa o cumprimento de um dever formulado logo à saída do cinema, sob a emoção das últimas imagens.

A história contada neste filme assenta, ao que se diz, em factos reais. Poderia não ser assim, e o efeito viria a ser o mesmo, mas, ter acontecido, poupa-me ao trabalho de insinuar que estas coisas podem acontecer. Neste caso, acontece haver um homem sem carácter, um vigarista reles, que extorque dinheiro do luto, da aflição, do desgosto, sem que a consciência lhe morda por um segundo. Quando confrontado com as vítimas, ilude-as e ilude-se a si mesmo com a argumentação especiosa de que fora movido pela piedade. Se este sentimento rendia dinheiro, tanto melhor.

Brandone, o protagonista da história, vai apanhando o dinheiro em troca de promessas de auxílio a presos políticos, resistentes, guerrilheiros, em poder dos alemães. É um homem melífluo por natureza e necessidade do ofício, um burlão de curtas vistas que continuará assim até ao fim da vida ou até ao grande golpe de sorte que o enriqueça e lhe permita entrar para o rol da gente honesta, o que, como sabemos, também acontece. Mas este homem está marcado para outro destino, para outra conquista: a da dignidade.

Descobertas as suas manhas, é-lhe oferecida pela Gestapo a oportunidade de salvar-se, ainda por cima com um substancial prémio em dinheiro. Aceita. Irá ocupar na prisão o lugar do General della Rovere (morto quando desembarcava clandestinamente na Itália para se encontrar com Fabrizio, um chefe dos resistentes) e deverá proceder de maneira a denunciar o mesmo Fabrizio, também preso, mas que a Gestapo não conseguira identificar. Brandone vai assim completar a sua carreira, transformar-se no grande denunciante, no grande traidor, ele que não passara nunca de pequeno burlão: a última página da história será a riqueza e, sabe-se lá, um grau de comendador, quando a guerra acabar.

Mas as oportunidades e as situações é que fazem e desfazem os homens. Metido na pele do general, fechado numa cela cujas paredes conservam ainda as palavras de despedida dos resistentes fuzilados, forçado pelos acontecimentos a mostrar-se firme e valente — acorda nele pouco a pouco um outro homem. Vê-se diante da tortura, da coragem verdadeira, de um respeito que nunca merecera a ninguém, e tudo isto o leva a ser, primeiro o General della Rovere, tomando as atitudes e dizendo as palavras que do general se esperam, e por fim, quando tudo está perdido e ele próprio foi torturado, mas lhe é possível ainda salvar a vida a troco da denúncia agora ao seu alcance — caminha com os outros reféns para o poste de execução. São dele as palavras corajosas que honram a pátria e reclamam a derrota dos inimigos. Aos olhos de todos, é o General della Rovere que morre. Mas nós sabemos que quem vai morrer é um pobre homem, fraco, burlão, jogador sem sorte, chamado Brandone, que aprendeu a ser corajoso, honrado e digno. Esta morte é uma vitória.

Eis a história do filme. Outras palavras minhas já são inúteis. Mas ainda acrescentarei que talvez a fraqueza de cada um de nós não seja irremediável. A vida está aí à nossa espera, quem sabe se para tirar a prova real do que valemos. Saberemos alguma vez quem somos?

OS GRITOS DE GIORDANO BRUNO

Afinal, não é muito grande a diferença que há entre um dicionário de biografias e um vulgar cemitério. As três linhas secas e indiferentes com que na maior parte dos casos os dicionaristas resumem uma vida são o equivalente da sepultura rasa que recebe os restos daqueles que (perdoe-se o trocadilho fácil) não deixam restos. A página cheia, com autógrafo e fotografia, é o mausoléu de boa pedra, portas de ferro e coroa de bronze, mais a romagem anual. Mas o visitante fará bem em não se deixar confundir pelos alçados de arquiteto, pelas esculturas e cruzes, pelas carpideiras de mármore, por todo o cenário que a morte pomposa desde sempre aprecia. Igualmente deverá dar atenção, se está em campo aberto, sem referências, ao sítio onde põe os pés, não vá acontecer que debaixo dos seus sapatos se encontre o maior homem do mundo.

Não estará, porém, a pisar a sepultura de Giordano Bruno, porque esse foi queimado em Roma, ardeu atrozmente como arde o corpo humano, e dele, que eu saiba, nem as cinzas lhe guardaram. Mas ao mesmo Giordano, para que todas as coisas fiquem nos lugares que lhes competem e justiça enfim se faça, foram reservadas quatro linhas neste dicionário biográfico. Em tão pouco espaço, em tão poucas letras, ali, entre a data do nascimento (1548) e a data da morte (1600), balizas de um universo pessoal que viveu no mundo, pouco se diz: italiano, filósofo, panteísta, dominicano, deixou as ordens, negou-se a renunciar às suas ideias, foi queimado vivo. Nada mais. Nasce e vive um homem, luta e morre, assim, para isto. Quatro linhas, descansa em paz, paz à tua alma se nela acreditavas. E nós fazemos excelente figura entre amigos, em sociedade, na reunião, à mesa do restaurante, na discussão profunda, se deixamos cair adequadamente, de um modo familiar e entendido, a meia dúzia de palavras de que fizemos uma espécie de gazua ou chave falsa com que julgamos poder abrir uma vida e uma consciência.

Mas, para nosso desconforto, se estamos em hora e maré de lucidez, os gritos de Giordano Bruno rompem como uma explosão que nos arranca das mãos o copo de uísque e nos apaga dos lábios o sorriso intelectual que escolhemos para falar destes casos. Sim, é essa a verdade, a incómoda verdade que vem desmanchar o suave entendimento do diálogo: Giordano Bruno gritou quando foi queimado. O dicionário só diz que ele foi queimado, não diz que gritou. Ora, que dicionário é este que não informa? Para que quero eu uma biografia de Giordano Bruno que não fala dos gritos que ele deu, ali, em Roma, numa praça ou num pátio, com gente à roda, uns que ateavam o lume, outros que assistiam, outros que serenamente escreviam o auto de execução?

Demasiado esquecemos que os homens são de carne facilmente sofredora. Desde a infância que os educadores nos falam de mártires, dão-nos exemplos de civismo e moral à custa deles, mas não dizem quanto foi doloroso o martírio, a tortura. Tudo fica no abstrato, filtrado, como se olhássemos a cena, em Roma, através de grossas paredes de vidro que abafassem os sons, e as imagens perdessem a violência do gesto por obra, graça e virtude da refração. E então podemos dizer, tranquilamente, uns aos outros, que Giordano Bruno foi queimado. Se gritou, não ouvimos. E se não ouvimos, onde está a dor?

Mas gritou, meus amigos. E continua a gritar.

A MÁQUINA

Conheci este homem há mais de vinte anos. O mesmo tempo que fez de mim um homem maduro, transformou-o a ele num velho. (Não me regozijo por isso, a minha vez chegará também.) Era então um homem poderoso, corpulento, de rosto mau. Dispunha de uma autoridade que o turvava mesmo quando queria parecer cordial. Fazia, em certas ocasiões, pequenos discursos aos seus subordinados (eu era um deles), e tinha um jeito particular de articular as palavras que era como uma mó de esmeril: as frases saíam em faca, cortantes e frias. Enquanto a preleção durava, não havia quem se atrevesse a mexer-se ou a arrastar os pés. Ele começava sempre com um apelo à razão (era assim que dizia) e acabava com uma ameaça velada ou aberta, consoante o grau de resistência que sentisse na atmosfera. As palavras mais agressivas dizia-as sempre com os olhos verrumados em mim, como se a minha silenciosa respiração o afrontasse. Nunca nos entendemos. Sempre o desprezei. E sei que ele, por seu lado, me detestava.

 Era um homem poderoso, repito. Poderoso e também subalterno, uma espécie de executor de justiças iníquas. Representava entre nós um poder mais alto, que cegamente interpretava. Quando nos chamava ao gabinete, recebia-nos de pé, fuzilante. Todos o odiávamos. Não todos. Havia quem tivesse feito voto de obediência rasa. Eram os seus denunciantes, as sombras com quem se fechava para ouvir relatos

de conversas, palavras soltas, suposições, mentiras. De tudo isto se fazia uma rede de veneno, uma corrosão larvar. Depois que me afastei dele, não o vi mais. Durante um tempo fiz grandes projetos de vinganças futuras, depois esqueci-o. E agora, há poucos dias, tive notícias dele. Soube que envelheceu muito, que está malíssimo, que tem a vida a acabar-se. Os seus chefes desapareceram quase todos, e os que sobreviveram toleram-no apenas. Procuram esquecer como e quando ele lhes foi útil, nesse passado de cumplicidade feroz a que melhor caberia o nome de crime.
Sofre de uma doença que o obriga a estar durante longas horas dentro de uma máquina. Não quis saber pormenores, não fixei o nome da doença, não sei para que serve a máquina. Quando mo disseram, deixei de ouvir assim que apanhei o essencial, e fui atirado para o passado incómodo. E quando regressei ao presente fixei-me na imagem de uma máquina brilhante e ácida, com uma larga boca por onde escorregava um corpo mole, arquejante, a ansiar por uma vida imerecida. Eis o carrasco, o perseguidor, o homem que fazia ameaças. Eis a massa de carne que foi tudo isso.
Comprazo-me nestas imaginações. Não quero vê-lo, não lhe faria mal, ainda que pudesse, e quando remexo na memória encontro vivo o desprezo, que foi, afinal, o sentimento mais forte que me ligou a ele. Está longe do mundo, da vida, do trabalho, mesmo ignóbil, a ver passar os dias que já não lhe pertencem, preso à vida pelo funcionamento da máquina que lhe enche o quarto de um zumbido suave que os seus ouvidos duros já não distinguem. E os olhos, forçados a fitar um ponto só, apagam-se devagar quando as pálpebras grossas descem. De cada vez, é como se morresse.
Este homem tem quem o sirva. Há uns parentes, umas criadas, umas enfermeiras, uns médicos, uns amigos que o visitam, algumas pessoas importantes que se interessam por ele. Mas não o estimam. Servem-no por dever, tratam-no por dinheiro, visitam-no por obrigação aborrecida. E ele percebe tudo isso. Sabe que é tropeço, estorvo, para alguns

testemunha perigosa. Teme toda a gente. Apavora-o, sobretudo, que lhe avariem a máquina preciosa que é a sua vida e a sua única justificação para estar ainda no mundo. E é isto que me ajuda agora. Vejo alguém avançar numa meia obscuridade pelo quarto silencioso, e vejo-o que acorda da sonolência pesada ao ranger rápido do sobrado. Vejo duas mãos que se alongam para um interruptor, uma ficha, um fio qualquer vital. Vejo os olhos do doente redondos de medo, vejo-lhe os lábios retorcidos à procura do grito que não sai — e de repente há um silêncio enorme: o zumbido parou, o quarto fica petrificado, e o homem que eu conheci há vinte anos começa a morrer devagarinho.

Não fui eu que desliguei a máquina. Deixei correr assim a imaginação porque precisava de matar este homem na minha memória. Acabou-se. Só a máquina está viva, ele não.

O TEMPO DAS HISTÓRIAS

Há ocasiões em que me cai em cima uma sincera pena de mim mesmo por já não ser capaz de acreditar em certas maravilhosas histórias que li na infância, quando saber ler (descobri-o mais tarde) equivalia a abrir portas para o espírito, mas também, em certos casos, a fechar algumas portas dele. Porque nessas histórias me ensinavam coisas que não tinham acontecido, e assim me davam, no mesmo gesto, verdades e irrealidades. Mas tão arreigado está em nós o gosto do maravilhoso, que me acontece o que já disse, e vem a ser, ter pena e lástima de mim, por não acreditar agora, e, quem sabe, por não ter acreditado nunca.

Uma dessas histórias, a mais breve que conheço, está contada em duas linhas e é isto apenas: "E disse Deus: Faça-se a luz. E foi feita a luz". Não sei que génio escreveu estas palavras, mas digo que graças a elas uma pessoa pode ser convencida a acreditar no poder demiúrgico do verbo. Sem imagens, somente com uma simples declaração circunstancial, vemos a escuridão total, ouvimos a grande voz impossível e assistimos ao nascimento primeiro da luz. Como obscuro escritor que sou desta terra, curvo-me perante tal prodígio de arte literária.

Mas, depois de me curvar reverente, levanto de novo a cabeça e olho a frio o desenho das palavras, a mancha particular e única que cada uma faz no papel, vejo-as formarem-se nas múltiplas bocas dos meus contemporâneos, analiso o encadeamento dos sons e o sentido subjacente, e sinto-me perdido num bosque povoado de fantasmas de conceitos, de sombras de raciocínio, de fogos-fátuos de ideias. É então que mais recordo o tempo das palavras de um sentido só — porque era a primeira vez que as ouvia.

Este país de gente calada, que dificilmente junta duas ideias de forma inteligível, sem os bordões onomatopaicos a que a frase se vai laboriosamente encostando — é, ao mesmo tempo, um dos países em que mais se fala. Compreende--se porquê. Aqueles a quem é dada a autoridade e às vezes a ordem de falar, sabendo que falam para uma população de alheados, usam e abusam do verbo, numa espécie de jovial impunidade. De mais sabem eles que não terão contraditores, que ninguém lhes apontará as incoerências, os ilogismos, as contradições, os atentados contra a verdade, os erros de gramática. Entre cada duas falas, quantas vezes repetidas com pouca diferença no vocabulário e nenhuma no estilo, há uma cápsula de silêncio protetor que, ao parecer, nada poderá quebrar ou sequer fender. Daí que ao longo do ano possamos verificar quanto os oradores se mantêm fiéis a si próprios, imperturbavelmente serenos, ou, se agitados, apenas porque à ocasião calhou. Mas as palavras são as mesmas: se não exprimem as ideias de quem fala, exprimem as ideias de que convém falar.

Sobre a realidade do país assenta pois um tecido de palavras de que se poderia tirar uma trama supostamente expressão em linguagem dessa mesma realidade. Mas a verdade é outra — e muito diferente. Os grandes problemas nacionais — a educação, a emigração, a liberdade de expressão, a representação política, o nível de vida, a informação, o apetrechamento industrial, o investimento estrangeiro, etc., etc. —, se nos gabinetes são discutidos com objetividade e pertinência (ou sê-lo-ão em obediência a soluções que o país não aprovou ou de que não tomou sequer conhecimento), passam dali para o exterior envolvidos num cantabile de sons nebulosos que nos deixam a todos na igual e anterior ignorância.

A agravar velhas taras linguísticas e quadragenárias dificuldades de comunicação, surgiu recentemente uma linguagem de tipo tecnocrata que tem artes de transformar os problemas do estômago, da dor física e moral, da reivindicação cívica, da vida e da morte pessoal ou coletiva em abstrações esterilizadas que podem ser manejadas sem incómodo e de mãos limpas. Juntem-se a isto, repito, os velhos tropos sentimentais e demagógicos ainda em plena aplicação — e teremos um panorama francamente deplorável do que afinal não é, mas deveria ser, numa sociedade saudável, a corrente de ida e volta (inevitável, mesmo em discordância) entre os governantes e aqueles que a governação teriam delegado.

O país, mesmo quando sai à rua para aplaudir, mesmo quando pendura colgaduras das janelas, mesmo quando manda as suas crianças vestidas de branco formar áleas — o país, mesmo quando faz tudo isto e sobretudo porque faz tudo isto, está perigosamente alheado dos seus problemas e dos riscos que corre. Que todo o mundo se encontra em crise, não é novidade. Que as alianças de interesses se fazem e desfazem no decorrer de uma breve semana, que os regimes se substituem em vinte e quatro horas, que as repressões inundam o mundo de sangue — são coisas que todos nós vamos sabendo, melhor ou pior, e às vezes com grande luxo de pormenores, através da imprensa. Mas a mesma imprensa limita-se a dar uma imagem oficial, ou oficiosa, ou oficializante, das realidades e dos acontecimentos internos naquela linguagem inócua em que são redigidos os comunicados finais das conferências entre governantes de países diferentes. Não é raro lermos que foram tomadas providências para resolver um problema cuja discussão pública se impedira, não é raro ficarmos a saber que Portugal vai representar-se aqui ou além, por intermédio de jornais estrangeiros ou por jornais portugueses em noticiário fornecido por agências estrangeiras. Fiquem apenas estes exemplos. Alguém que conserve ainda um mínimo de dignidade cívica, de responsabilidade, terá forçosamente de sentir-se humilhado diante de uma situação que o mantém em estado de menoridade intelectual, de adolescência vigiada, de infância constrangida. As velhas histórias pesam. Afirmam que a luz se fez e procedem hipnoticamente por repetição. Entretanto, o espírito cercado levanta a cabeça e pergunta: "Qual luz? Onde? Para quem?".

AS COINCIDÊNCIAS

Não me presumo de espírito forte, mas também não sou daquelas inquietas pessoas atreitas a presságios, adivinhações, aragens secretas, que a toda a hora vivem ocupadas na decifração de mensagens d'aquém e d'além mundo, e com isto complicam a vida própria e moem a paciência alheia. Contudo, dão-se às vezes casos que fazem pensar que a vida não é nada simples, e que os seus caminhos são de tal modo semeados de desvios e armadilhas que muito é de espantar que não nos percamos nela a todo o momento. Uma coisa que muito me tem feito refletir, como se fosse maravilha, vem a ser o mais corriqueiro que se pode conceber: o desastre de viação.

Explico melhor. Um homem sai de casa, pela manhã, despede-se da família, vai trabalhar, passa a manhã ocupado, sai para almoçar, volta ao emprego, leva a tarde nos seus afazeres, sai à hora, ou mais tarde, se fez serão, conversa com os amigos, passa pelo café, compra o jornal, toma o autocarro ou o elétrico, desce na paragem, vai pela sua rua, já vê a porta de casa — e de repente vem um automóvel e dá com ele no chão, malferido, senão pior.

E que fez durante o dia o condutor deste carro? Saiu de casa, se calhar também de manhã, entrou no automóvel, ligou o motor, arrancou, circulou pela cidade, foi trabalhar, entrou e saiu do escritório, viu gente, conversou, e em certa altura, ao fim do dia, teve de passar por uma rua que até nem ficava no seu caminho, mas havia obras, sentidos proibidos

— e de repente surge-lhe um peão da direita, sente uma pancada, vê um vulto pelo ar. Uma desgraça.

Veja bem o meu leitor as voltas que estes dois homens deram durante o dia, um longe do outro, a horas desencontradas, tudo parecia afastá-los, e, no segundo preciso, começaram a aproximar-se, movidos sem disso se aperceberem pelo acaso, por uma fatalidade irónica, até àquele instante que não deveria poder acontecer, mas aconteceu. Pensa a gente nisto e perde a vontade de sair à rua.

Ou então está em casa (foi isto que me sucedeu a mim e é disto que venho falar hoje) a ler o jornal, as informações, a política internacional, os casos do mundo, e de súbito dá com uma notícia insólita: o professor Paul L. Cabell Junior, do estado de Michigan, suicidou-se pela harmonia racial, pela paz. Estou a ler estas linhas, perturbado, e no mesmo momento ouço a voz do locutor na rádio: "Vamos transmitir Ode à Paz de Haendel".

E enquanto acabo a notícia erguem-se as vozes dos solistas e do coro, louvando a mesma paz por causa da qual um homem, longe, longe, lá no Michigan (Estados Unidos da América), decidira dar um tiro na cabeça. Um homem que escrevera uma carta aos seus alunos, onde dizia: "Morro para vos lembrar, e a todos os jovens que sonham ser livres, que a paz só pode ser conseguida se trabalharem juntos para ela".

Uma pessoa está tranquila na cidade de Lisboa, a ler o seu jornal, a ouvir a sua música, e, vá lá adivinhar porquê, juntam-se a notícia de longe e os sons de há duzentos anos — e é o mesmo voto, a mesma sede de paz e harmonia. Um homem perde-se em sangue por causa de um ato que parece loucura, outro homem juntou compassos que poderiam contar outra história — outro homem ainda, eu, o leitor, sabe tudo isto e fica confundido, sem saber o que pensar de um mundo que julgávamos tão pequeno e que, afinal, tem o seu tamanho multiplicado pelo número infinito de instantes que formam, juntos, o tempo do mundo.

Como hei de fechar esta crónica? Parece que os factos deviam bastar, que devia deixá-los entregues à inteligência do leitor, para que deles tirasse as lições possíveis e, sobretudo, as necessárias. Mas alguma coisa me diz que não bastaria. Sobretudo, creio eu, porque esta música me aparece um pouco mercenária, obra de encomenda para uma paz que talvez encobrisse uma futura guerra; sobretudo, porque a morte do professor Cabell, por mais belo que seja o testemunho, me deixa um ressaibo de inutilidade: a bala que o matou não cortará a trajetória de nenhuma das que se estão disparando neste mesmo momento.

Tudo para concluir que a Ode à Paz (afinal, talvez sinceríssima) não adiantará muito se ouvida distraidamente na rádio, fora do coração dos homens; que a defesa da paz pode ser feita pelos vivos morrendo, mas não será feita pelos vivos matando-se. Tudo para concluir que as coincidências, assim dispostas no mundo e no acaso, se me deram o tema desta crónica, merecem um melhor destino: o de levarem o leitor a meditar nestas coisas de paz e de guerra, a pensar nestes fios que não deveriam parecer misteriosos, mas que a toda a hora nos escapam das mãos.

Seguremo-los bem, já que das mãos de Haendel nem a poeira resta, e as mãos de Cabell ergueram uma arma contra si próprias — e arrefecem.

A RECUPERAÇÃO DOS CADÁVERES

Lembram-se? Das funduras da noite, caminhando pelo espinhaço da colina, surgiam dois vultos terríficos que depois avançavam por entre os túmulos, enquanto um nevoeiro de circunstância cumpria o seu dever na composição da cena e bulia com os medos do espectador. Era o Dr. Frankenstein e mai-lo seu criado vinham a desenterrar o cadáver fresco do dia.

Lá o levavam por atalhos e mais colinas propícias aos rasgos artísticos do contraluz, enquanto a tempestade se acumulava evidentemente no horizonte, e nós, encolhidos nas cadeiras como ratos, já batíamos o dente, meio arrependidos, sem sabermos para o que estávamos guardados.

Depois vinha o assustador moinho em que se passavam coisas deliciosamente pavorosas: as boníssimas intenções do médico; a malignidade do criado; a fabricação do novo ser por justaposição, sutura e agrafe; a insuflação da vida graças às descargas elétricas de uma trovoada de respeito; e depois o resto, o monstro à solta, os crimes que cometia, enfim, sarilhos. E quando a fita acabava, voltávamos a casa, de coração apertado, com medo das sombras, das esquinas, do guarda-noturno, da escada sem luz. Toda a noite sonhávamos e suávamos de aflição. Bons tempos. Agora, os Dráculas e outros vampiros só conseguem fazer-nos rir.

Por mim, sempre julguei que isto de desenterrar cadáveres com intuitos lucrativos apenas resultasse em salas de cinema, e que na vida real o antigo respeito pelos mortos (para mais em país tão respeitador de tradições necrófilas) detivesse o gesto profanador. Mas parece que não é assim. Mudam-se os tempos, mudam-se as vontades, e o que parecia mal, passa a ser bem — e agora está muito em moda ir aos cemitérios, percorrer as áleas mais mal-afamadas, os covais que julgávamos humildes, a vala comum, desenterrar o corpo, os ossos, o pó, o vestígio, e sair à rua, gritando: "É nosso. Foi um grande homem, um grande patriota, é nosso. Não acreditem naquilo que dele dissemos noutras épocas. Está feita justiça. É nosso".

Sabe de sobra o meu leitor quanto eu sou cidadão pacífico, disposto a gostar das pessoas, sempre à procura do lado bom, o lado do sol — mas reconheça também que há certas coisas que irritariam o próprio S. Francisco de Assis, santo de tanta virtude e paciência que não distinguia entre os lobos e os cordeiros, e a todos chamava irmãos. Não sou tão mesquinho que entenda ser obrigação de quem criou um ódio ficar agarrado a ele até ao fim da vida, só para não se desdizer e confessar o erro. É ótimo que as pessoas evoluam no bom sentido, abandonem rancores, ganhem aquela direitura moral que impõe o respeito pelos adversários, é excelente que se perca a tineta de cortar cabeças, vidas, carreiras, ideias, convicções. Até aqui, tudo certo. Mas já não me parece bem (porque o gesto não é desinteressado, oh não) este afã de recuperar cadáveres de gente que em vida (na sua única vida, senhores) foi odiada, caluniada, lançada para fora da cidadania, gente cujo único crime foi ter opiniões diferentes acerca do modo de governar a Cidade. Antes deixassem em paz estes mortos, se em vida ela lhes foi negada.

E não venham dizer-me que a morte nivela tudo, e portanto nela acabam os despeitos, as invejas, as malquerenças. E que aí começa a fraternidade universal — e nacional. Porque se isto é assim, então o que se está passando lembra irresistivelmente os rituais da antropofagia, a qual, no dizer dos entendidos, se explicaria pela vontade de adquirir a virtude, a força, a coragem dos inimigos mortos. O que não impede (ó ironia) que se continue a perseguir os inimigos vivos, para depois os tornar a comer, num ciclo repetitivo, por aí fora, por aí fora. E sempre, passado o tempo conveniente que vai permitir a digestão fácil, com os gritos atroadores da justiça tardia e por isso mesmo inútil: "É nosso porque serviu a Pátria. É nosso porque foi bom cidadão. É nosso porque foi honesto. É nosso". Eu não sei se nos mais países as coisas se passam da mesma maneira. Se calhar, sim, e todas estas inumações e exumações serão apenas outra modalidade da alternância do sim e do não, como aqueles cartazes da rua, colados uns sobre os outros, a contar com a fraca memória de quem passa e deita um olhar ao longo das paredes, decoradas com palavras que parecem novas, com desenhos que parecem outros, com rostos que parecem diferentes. Manejados assim, os mortos opõem muita resistência. Sabem muito bem, no silêncio em que se instalaram, qual é a sua verdadeira família. Que não seja esta a esquecê-los. Então, sim, seria o fim.

MEDITAÇÃO SOBRE O ROUBO

Aqueles de nós que leram *Os miseráveis* nos tempos de outrora (quem tem hoje a paciência de aturar Victor Hugo?), lembram-se de que foi por causa do roubo de um simples pão que Jean Valjean esteve dezanove anos nas galés. Pequenas causas, grandes efeitos. Um espírito objetivo, desses que tudo pesam e medem, escrupulosos até à mínima caspa, dirá que se Jean Valjean tivesse cumprido resignadamente a pena que a sociedade lhe impusera, não teria estado preso mais do que cinco anos. O mal estava na sua rebeldia, na absurda ânsia de liberdade que o levou a tentar fugir por quatro vezes. Enfim, casos tristes.

Vêm-me estas reflexões a talhe no momento em que reconstituo na memória a minha desamparada deambulação pela grande sala do Museu Britânico que contém as esculturas arrancadas ao Parténon. Digo desamparada deambulação porque não acredito em suficiência bastante que dê ao visitante um verniz sequer de serenidade. Ou então esse visitante é estúpido. Mesmo um cego, com os seus olhos digitais, estremecerá de comoção se passar os dedos pelas figuras antiquíssimas dos frisos e das métopes. Imagine-se pois o que o privilégio de uns olhos intactos, ainda que míopes, pode dar.

Mas eu estava falando de Jean Valjean e do pão que não era seu e que ele roubou. E estou diante das esculturas do Parténon. E tenho a rodear-me o conforto do aquecimento inglês. Mas sinto frio.

O erro, afinal, está em roubar pouco. Dezanove anos passou Jean Valjean nas galés, e depois que saiu vejam lá quantas desgraças ainda lhe caíram em cima, com aquele patife do Javert a persegui-lo, consoante Victor Hugo nos vai relatando, tintim por tintim. E o Thomas Bruce, diplomata, homem decerto finíssimo, nascido para mal da Grécia com manhas de salteador, vai e saqueia a Acrópole de Atenas, arranca pedras com dois mil e quinhentos anos, leva tudo para Londres — e ninguém o perseguiu, ninguém lhe fez mal e até pelo contrário, e hoje está na história como um grande homem, ao passo que o Jean Valjean só por causa do pão foi o que se viu, e para não ir mais longe, aí está o nosso José do Telhado que até roubava aos ricos para dar aos pobres.

Digam-me agora como se pode entender este mundo. Vagueio perplexo pela sala enorme e nos primeiros minutos nada consigo ver. Penso continuamente: "Foi isto que eles roubaram? Toda a gente está de acordo? E não se faz nada? Não se institui um tribunal supremo para julgamento e punição dos grandes latrocínios? Não se dá o seu a seu dono?". Depois (que remédio!) serenei, entreguei-me à contemplação das panateneias e dos cavaleiros, das degoladas figuras dos deuses, das lutas entre os centauros e os lápitas. Dei lentamente duas voltas à sala, sabendo-me cúmplice a partir desse momento, e também consciente das minhas fracas forças, que de todo me impediriam de agir.

Que poderia eu fazer? protestar em Hyde Park? organizar um comício em Trafalgar Square? marchar sobre Buckingham Palace? alistar-me no exército secreto do IRA? Eu, pobre português ali perdido, que nem sequer vou reconquistar Olivença? Encolhi os ombros, saí da grande sala, e fui-me às outras coleções com esta insaciável fome de conhecimentos que algumas indigestões intelectuais me têm causado. E vi que tudo lá estava: as esculturas egípcias, as múmias, a pedra de Roseta, os leões assírios de cabeça humana, objetos, armas, utensílios, todo o mundo antigo arrumado e etiquetado — uma exemplar lição de arte e de história que me encheu de respeito pelas cabeças inglesas responsáveis.

E foi ali que se fez luz no meu turvado espírito. Reparara eu que nos museus ingleses ninguém está à entrada, de bilhetes em riste, a fazer cobrança. Há, sim, espalhadas pelas salas, umas caixas de tampo de vidro, com ranhura adequada, aonde o visitante é convidado a lançar a sua oferta, e onde se dá à leitura um aviso que diz destinar-se o dinheiro à compra de obras de arte para o museu. Tudo isto eu vira, e achara curioso e civilizado, sem mais.

Mas, repito, o Museu Britânico foi a minha Estrada de Damasco. Ali compreendi que os ingleses, envergonhados de tanto roubo estimulado ou consentido, procuravam fazer esquecer as suas malfeitorias estendendo agora a mão à caridade pública. Compreendi que os coitados viviam atormentados pelos remorsos — e tive pena. Sentimental, com o olho humedecido pela lágrima lusitana, abri o porta-moedas, extraí meia libra generosa e enfiei-a na caixa.

Depois disto, posso anunciar a toda a gente que a Inglaterra não voltará a cair em tentação. Está a juntar dinheiro para comprar o Museu do Louvre, com todo o recheio. Em boa e devida forma, e pelo seu justo valor.

Desculpará o leitor a brincadeira: a culpa é deste mundo louco em que ambos somos obrigados a viver.

IR E VOLTAR

 Este meu gosto de museus e pedras velhas, que no parecer de alguns denunciará uma suspeita tendência para evasões, é, pelo contrário, o sinal mais certo de uma viva radicação no mundo em que estou. De facto, não creio que alguém possa, com verdade, dizer-se do seu tempo, se não se sentir envolvido num todo geral que abarque o mundo como ele é e como ele foi. Aquele corpo ressequido, dentro da sua caixa de vidro, no Museu Britânico, que foi um corpo vivo há três mil anos, desencadeia imediatamente em mim um processo mental que me mostra a história dos homens como uma imensa rede de braços, uma iluminação de olhos, um rumor de passos dentro de um formigueiro. E quando numa noite de Paris dei com a Notre-Dame dentro do nevoeiro, sob a luz amortecida dos projetores, e parecendo toda ela uma construção estranhíssima de pedra roxa — não tive mão em mim que evitasse umas tantas reflexões caseiras que logo me afastaram das pacíficas banalidades estéticas.
 Aqui em Portugal, se não exagero, temos a pecha de falar de mais da história que vivemos e fizemos, quando afinal não somos os únicos a medir a história pátria em séculos, e se é verdade que fomos descobridores e marinheiros, parecemos esquecidos de que todos os povos virados aos mares e aos oceanos algo acabaram também por navegar e descobrir: os gregos como os fenícios, os escandinavos como os holandeses, os espanhóis como os italianos.

Bem sabemos que de evidências deste género é que se alimenta a vaidade dos povos e a xenofobia que quase todos cultivam: por essa via, cada um há de sentir-se o melhor, o mais ousado, o mais culto, o mais adiantado, uma espécie de eleito de parcialíssima divindade que dividisse a história em gomos, como uma laranja, e a distribuísse ao sabor das suas inclinações. Creio que país nenhum se livra deste pecado de soberba, e isso nos desculparia se tal comportamento não se agravasse em nós com um claro divórcio entre o que vamos dizendo e o que somos capazes de sentir. Falamos das glórias passadas, das conquistas, das descobertas, como de fantasmas imateriais a que os compêndios escolares não dão vida, nem as pedras mortas substância. Gostaria bem de saber, por exemplo, se o povo português se sente realmente herdeiro de Bartolomeu Dias e de Gil Vicente, de Afonso Henriques e de Luís de Camões, de D. Dinis e de Fernão Lopes. Seria um teste a fazer entre nós, e muito menos gratuito do que poderá parecer a gente apressada que faz todos os dias a sua revolução cultural.

Claro que não estou a pensar em cultivar-se um tipo de devoção historicista toda voltada para o passado, para os "bons tempos" em que fomos senhores do mundo ou, mais modestamente, do nosso caminho. Tratar-se-ia, antes, de desenredar esse caminho do amontoado do tempo e dos acontecimentos, de modo a encontrarmo-nos, como povo, conscientes, agora sim, de um tempo histórico vivido e assumido, perante a nova sociedade (e quem sabe se a nova civilização) que em todo o mundo se forma, entre os sobressaltos e os estertores do que ainda não há muito tempo parecia tão sólido, tão para durar.

Vistos de longe (e vistos de perto depois) damos de algum modo a ideia de vivermos o nosso dia a dia como se não tivesse havido ontem e não haja amanhã, numa espécie de sonambulismo fatalista que espera resignadamente a repetição do terramoto de 1755. Ou então, que um braço salvador (talvez D. Sebastião) nos arranque a todos, de um só puxão, do vagaroso afundamento em que nos distraímos. Individualmente. Coletivamente. Este arrazoado melancólico, ninguém o pediu ao cronista, e o mais certo é que lho censurem os que do otimismo fizeram profissão e credo. Mas a pergunta: "Que seremos amanhã?", é para mim uma obsessão, uma voz murmurante, um grito em certas horas de silêncio.

A resposta (se alguma vez vier a ser dada) é infinitamente plural, mas nela não estará nenhuma contribuição minha: nunca como hoje se pôde brincar menos com coisas sérias, e as exigências da análise que a ela levaria são tais e tão diversificadas, que o simples cronista que eu sou se deverá dar por satisfeito com aflorar ao de leve as interrogações mais próximas. É o seu modo de estar presente, de intervir, de exprimir a sua cidadania, de querer bem ao país onde nasceu, de amar o povo a que pertence.

QUATRO CAVALEIROS A PÉ

Chamam-lhe pequeno-almoço e eu atrevo-me a perguntar o que é que ganhámos com a novidade. Tínhamos almoço, jantar e ceia, três palavras distintas para o ato de comer, e ainda uma quarta palavra — merenda —, talvez de todas a mais fresca, fadada para enriquecer a memória gustativa das crianças, pelo menos daquelas que do costume ou privilégio beneficiavam. Era, afinal, um vocabulário de gente de pouca comida, que não engolia mais bocado a partir das oito da noite e se deitava à hora das galinhas. Depois vieram os serões prolongados, as noitadas, veio o apetite da uma da manhã, e então torceu-se a nomenclatura, rapinou-se da França, lusitanizou-se em lanche o almoço britânico, atirando-o para quatro horas mais tarde — e deste modo julgámos ficar com os relógios certos pelo tempo da Europa. Ingenuidade das simples criaturas que nós somos.

Por causa destes acidentes linguísticos é que tenho de dizer que tomo o pequeno-almoço (não o almoço, como dantes) numa qualquer pastelaria das que me ficam no caminho do trabalho, nem sempre a mesma, mas por revoadas, até que me farte o gosto do pão, o café com leite e a cara do empregado, ou, mesmo, a frequência com que vejo e torno a ver as caras dos mais fregueses. No fundo, sou um pouco bicho do mato, fugidio, esquivo, assomadiço nas horas más, com espanto de quem, julgando conhecer-me bem, muito mal me conhece. Se não fosse a deliberada reserva em que me escondo, não sei que mais constante raiva por aí se expandiria.

Mas volto ao balcão, onde mordisco, às pressas e sem prazer, a sanduíche de fiambre, e onde sopro impaciente, e sorvo escaldado, o café com leite que sabe a tudo — e cada dia diferentemente — menos a estes dois líquidos, que julgaríamos sem surpresas. Vejo as horas, penso no trabalho, e depois procuro distrair-me correndo os olhos pela paisagem de bolos, garrafas, caixas de bombons, queijos, que acabam por dar-me a neurastenia de um saguão ou de quem só tem o saguão como vista distrativa. É por esta altura que mudo de pastelaria, para ir encontrar o mesmo leite, o mesmo pão e o mesmo café. O mesmo profundo desânimo, também, a mesma tristeza.

É conhecido o gosto dos decoradores destes estabelecimentos. Sofrem todos de novo-riquismo-artístico, muito atento às modas, metendo plásticos a fingir pedra, folhas de papel a simular madeira, apainelando com prensados de buraquinhos, estofando a napa, e sobretudo — ah, sobretudo — infiltrando no ambiente não sei que insolência pretensiosa que distingue para as caras dos empregados, estranhas ou visceralmente rasteiras, consoante a importância do freguês. Que se há de fazer, porém? O homem compraz-se muitas vezes em ser simples criado do meio, muda com ele, como parece que os criados com alma disso mesmo acompanham os humores do patrão.

Por este andar, acabo por não contar a minha história, e seria pena. Vamos pois ao ponto, antes que arrefeça. Estava eu, como disse, a enfastiar-me com o pequeno-almoço (era isto cedíssimo, mal abrira a loja), quando entram quatro provincianos. Já os vira antes, enquanto olhavam a fachada da pastelaria e o triunfalismo da porta. Bem vi que sofriam os horrores da timidez campesina diante dos esplendores que na cidade se usam. Decerto tinham vindo na véspera da terra, aprazados para visitar o parente no hospital, e a noite fora de quarto de pensão com lâmpada pendurada do tecto, morta e sem quebra-luz, com gente a ressonar e cheiros entranhados nos enxergões, coisas de suores, urina e outras secreções secretas.

Vira-os ali do balcão e pusera-me a apostar comigo mesmo: entram, não entram, atrevem-se, não se atrevem. Lá vêm. Ganhei a aposta, e mentalmente meti-me a desafiá-los: sentem-se, peçam, reclamem, discutam a conta, desafiem o descarado papelinho da entrada: "Reservado o direito de admissão". Tenho-os agora mesmo ao pé de mim, em grupo, segredando sempre, talvez a deitar contas ao dinheiro nos bolsos, ao bilhete do regresso, ao luxo da loja, ao sorriso do empregado. Disfarçam o melhor que podem, mas tremem de medo: há ali cinquenta caixas diferentes de chocolates, trinta espécies de bolos incógnitos, e é tudo tão caro, Manuel.

Vão-se outra vez chegando à porta, com o jeito vagaroso de quem só pretende salvar a honra, e num relance desaparecem, corridos de vergonha, de medo, assustados com a sua própria coragem que não durou. (Ainda há pouco o café com leite não amargava, e a sanduíche não tinha este gosto de palha.) Entraram-me ali na loja quatro cavaleiros a pé, montados no esquecimento da sua importância, distraídos ou nunca sabedores de que nada é mais alto do que o homem, qualquer homem e em qualquer lugar, mesmo que neste se reserve o direito de admissão. Quatro cavaleiros que mais pareciam atados à cauda dos cavalos, como réus. Quatro cavaleiros que me deixaram a olhar para o fundo deste saguão fétido a que muita amorosa gente chama hierarquia, paz social, conformação de tantos com a sorte escolhida por poucos.

Faltam cavalos, amigos, faltam cavalos.

SÓ PARA GENTE DE PAZ

Se ao cronista compete ser registador do tempo, o seu particular e aquele em que mais alargadamente vive, grave falta de ofício eu cometeria se não falasse dos jogos olímpicos, esse magno congresso aberto a quantos, por provas prestadas, melhor correm, saltam, nadam, lutam, jogam, remam, velejam, esgrimem, atiram, lançam, cavalgam — e se alguma arte faltou, não me joguem a mim pedras, que por mal não foi. Sei bem que o cenário beneficia de um mecanismo de emoções habilmente estimuladas, de efeito seguro, e em alguns casos tão antigo que já da memória se perderam as suas primeiras raízes: mas se aí fosse buscar razões para recusar o tema que estes dias me propõem, não sei que outras matérias se salvariam do crivo. Sobraria o silêncio, que é sempre a fascinação de quem escreve, mas a que só raríssimos tiveram a coragem de abrir as portas da sua casa.

A qualquer pessoa que dê ao caso dois minutos de reflexão se torna claro que os jogos olímpicos são, excelentemente, o lugar aonde confluem as mais banais convenções humanas. Citarei apenas duas ou três. Para começar, o vencedor recebe a medalha num plinto mais alto do que aqueles que merecem os dois classificados seguintes, e por aí se distingue e impõe uma hierarquia: está mais perto das divindades, participa da natureza delas. Dá a direita (lugar de honra, lado da mão leal) ao segundo classificado, e a esquerda (lugar secundário, subalterno, mão sinistra) ao terceiro classificado. Enquanto ressoa o hino do país do vencedor (só dele), sobem nos mastros a bandeira ou bandeiras dos países honrados. Ora, essas bandeiras são símbolos de múltiplas aplicações, desde as batalhas aos desfiles, desde as urnas importantes às varandas dos edifícios públicos, desde os emblemas de lapela às implantações na lua. E a ninguém já lembra, se a memória não me atraiçoa a mim, que o mais antigo antepassado delas foi o útero da vaca, símbolo sagrado de fertilidade, que, no Egito faraónico, era passeado no alto de um mastro em certas cerimónias religiosas.

Dizem-me (dizem-mo os jornais, que é sempre onde estas coisas se sabem) que nestes jogos nem tudo é pureza, que anda por ali tramoia e falsificação, que o amadorismo dá vontade de rir, que a publicidade se insinua por todos os lados e para todos os proveitos. Mas não alcanço a resistir, mesmo sabedor de tais negruras, mesmo sensível aos ridículos, mesmo atento à subtileza com que se estimulam, precipitam ou laqueiam as emoções — não resisto à súbita fraternidade que me introduz na pele e nos músculos daquele corredor lançado na pista, com a fadiga entre si e a meta. Vencedor, se possível; vencido, se assim tiver de ser. Para mim, neste caso, a diferença não é grande.

Nos tempos antigos decretavam-se tréguas enquanto durassem os jogos. Suspendiam-se as lutas, as guerras, em nome, não sei se de um ideal mas decerto em nome da consciência de uma fraternidade essencial, que, ao menos por alguns dias, ninguém se atreveria a renegar. E se é verdade que terminados os jogos o sangue voltava a correr, enfim honrara-se a espécie humana na dignidade do esforço físico. (Não falemos no esforço do trabalho: esse era então obra de servos. E os escravos não participavam nos jogos.)

Hoje, as guerras não se interrompem por tão pouco. Enquanto o estádio congrega gente de todo o mundo, uns aplaudindo, outros forçando os aplausos e a conquista das medalhas (ouro, prata, bronze: mais uma escala), outra gente, noutros lugares, vai teimosamente matando e morrendo. Capazes de se entusiasmarem com as vitórias que de mais perto lhes toquem, até que percam a vida. O absurdo é, sem dúvida, o mais dileto companheiro dos homens.

E, contudo. E, contudo, além da pueril disputa das medalhas (mais a mim, mais a mim), além dos plintos desiguais, além das bandeiras e dos hinos, além das histórias dos bastidores — anda no ar um frémito irreprimível de outra vitória que nem por ser provisória é menos exaltante. A paz é possível, a sabedoria do homem há de ser uma sabedoria de paz, não de guerra. E não se pode acreditar que enquanto os estádios se agitam e aclamam, ideias de guerra ocupem os pensamentos.

Por tudo isto que às soltas vim escrevendo, apresento uma proposta para os próximos jogos olímpicos: que nenhum país seja autorizado a participar se diretamente estiver, ou mesmo indiretamente alimentar uma guerra em qualquer parte do mundo.

Desculpe o leitor o tempo que perdeu agora comigo: de longe em longe, vêm-me destas ingenuidades.

DO PRINCÍPIO DO MUNDO

Tínhamos conversado durante horas, daquela nossa conhecida maneira dispersiva, exagerando o valor das banalidades e discutindo sobre elas como se na discussão decidíssemos empenhar a vida ou desempenhar (sentido duplo) o destino do universo. Os pensamentos acertados (que também os havia) vinham acaso ao de cima, rompiam um instante como o dorso esplêndido de um golfinho, e depois, perdidos na retórica flamejante, afundavam-se resignados. Não tinha muita importância. Todos nos conhecíamos bem e não iríamos condenar-nos mutuamente pelo modo desconexo como havíamos procurado vencer naquela pequena batalha verbal que ninguém já sabia como começara. Felizmente, a conversa deslaçara-se e morrera no ponto que a cada um de nós convinha para a convicção própria de que a vitória lhe coubera. Nada melhor para principiar a nova discussão. Mas não iria ser assim.

Durante todo o tempo pairara por ali esquecido um fundo musical, liso e humilde sob a carga de cavalaria que andara cá e lá no diálogo, a perder tempo e ferraduras. E agora, no meio do silêncio que vencera, a música começava a ouvir-se melhor, a ter opinião, derradeiro argumento para conciliar os pontos de vista ainda divergentes. Um Beethoven veio calar-nos a todos, ao entrar pela porta do corredor, curvado como contam as biografias, de cabeleira despenteada e pouco limpa, as mãos atrás das costas, o sobrolho dirigidamente carregado para quem assim dispunha da sua música. Presumi que não lhe desagradámos de todo, pois ali se deixou ficar até ao fim do disco, encostado à ombreira, de braços cruzados.

Depois veio um Mozart feliz que se sentou na alcatifa, batendo o compasso, enquanto bebia do copo de vinho que colhera das mãos de uma amiga nossa. Um rapaz contente. Mas perto do fim, porquê não sei, Mozart pousou devagarinho o copo, baixou a cabeça sobre os joelhos dobrados e começou a chorar. Daí a pouco fui eu que dei por mim a pensar se não teria bebido em excesso, quando pelo corredor vi adiantar-se Monteverdi, com a sua barba de talhe mefistofélico e a sua música de júbilo celeste, ao mesmo tempo que as vozes do coro se materializavam em rostos que vinham cantando ao fundo do espaço e explodiam em silêncio sobre a minha cabeça, como uma onda gigantesca vista de longe.

Não sei se os meus amigos viam exatamente o mesmo que eu, mas estavam todos calados, com um ar de compenetração meticulosa que de certeza disfarçava a convicção de serem eles os únicos beneficiários daquelas visitas. O mais desinteressado ainda era o dono da casa, que ia mudando os discos, talvez porque fosse costume, ali, invocarem-se os espíritos assim.

Foi nesta altura que principiou a ouvir-se uma música nova, qualquer coisa que era campo aberto, mato, desfiladeiro, montanha nevada. Uma flauta, um tamborim que pelo som diríamos feito de pele de cobra, um chocalhar de areia grossa no interior de uma cápsula vegetal, nada que se dissesse: é Mozart, é Beethoven, é Bach, é Monteverdi. Desta vez ninguém avançou pelo corredor iluminado. Os meus amigos não viraram a cabeça, não miravam de soslaio a ver se chegava alguém. Incapazes de nos olharmos, fitámos todos o chão da sala, à espera, ao tempo que a música dizia coisas intraduzíveis, as dizia de um modo entrecortado, como quem aprende a própria língua enquanto fala, como quem, hesitante, cria tudo a partir de nada. Isto sabíamos nós sem o dizermos uns aos outros. Mas, evidentemente, faltava ali quem nos explicasse, de viva voz (ó maravilhosas palavras, essas que só a viva voz sabe dizer) o que tudo aquilo significava.

Não foram palavras. Quando a música se tornou ameaça e gritou como um animal bravio no meio das selvas, como um falcão entre duas escarpas verticais, uma das nossas amigas — animal longo, delgado, escuro de pele, forrado de uma túnica longuíssima — avançou para o meio da sala e começou a dançar sozinha, deixando primeiro que a música a envolvesse, apoderando-se dela depois, num ato sucessivo de absorção que se exprimia num discurso infinito de gestos, de movimentos, de flexões, que eram o som tornado visível da flauta, o coração do tambor, a chuva empurrada pelos campos fora, sob o vento que transformava os grãos de areia em gotas de água.

O primeiro som a morrer foi a flauta: um levíssimo eco se desfez como uma sombra ao afastar-se de um rosto. Depois a grande chuva diminuiu, varreu ao longe, e, por alguns instantes, ficou apenas o coração da cobra, batendo cada vez mais espaçado, até parar, injustamente.

A nossa amiga negra dobrou os joelhos, ofegando. E quando, vencidamente, deixou pender a cabeça para trás, a sua cabeleira, palpitante, era um sol noturno do princípio do mundo.

A OFICINA DO ESCULTOR

A oficina do escultor é alta como uma caverna que esvaziasse uma montanha. É também sonora como um poço, e os sons caem dentro dela de um modo redondo, líquido, e são como água fria salpicando um sino de cristal. Não é raro que a música encha todo este espaço. Então a oficina transforma-se em sala de concerto, em catedral, em vulcão, e a música abre-se como uma flor rubra e gigantesca debaixo de cujas pétalas curvamos a cabeça. Mas isto não é o trabalho. As esculturas começadas, envolvidas como espectros em telas brancas, em sacos de plástico translúcido que dentro condensam a respiração do barro, esperam o gesto delicado que as despe como a um corpo vivo e as mãos capazes de esmagarem, no mesmo gesto, ou maciamente descobrirem a linha exata. E porque as mãos lançaram no espaço o movimento justo, a massa de argila recria-se pelo lado de dentro e é um rosto sombrio ou aberto, um lábio, uma luz na pupila imóvel, um olhar reto.

Há também os desenhos, as folhas de papel que dormem preciosamente deitadas protegendo o traço imponderável do carvão. E aquela folha que um gesto absurdamente calmo fixa na prancheta vertical, como se não fossem abrir-se no instante seguinte as portas do grande combate. Outro gesto talvez se não admitisse: se não quisermos dizer que vai começar uma cerimónia religiosa, diremos que é uma luta corpo a corpo, um ato de amor, como aquele mesmo gesto que despiu as estátuas. Agora o escultor defronta a folha branca, vertical e nua como um corpo. Estende o braço armado do fragmento negro do carvão e com um movimento breve ou longo, mas seguríssimo como um estoque, abre no papel a primeira cicatriz. Todo o desenho será um jogo de fintas, de avanços e recuos rápidos, até ao momento em que o objeto se rende, em que a distância se reduz e o escultor esquece o modelo já apreendido definitivamente e dialoga rosto a rosto com a imagem possuída.

A oficina está povoada de figuras. Há rostos de bronze no chão, que são o rosto da própria terra a olhar-nos. A leve camada de poeira que cobre os barros cozidos é barro sobre barro, morte sobre vida, o rasto que o tempo arrasta, a trituração das horas. Animais vivos, objetos colhidos no acaso de encontros que são descobertas e invenções introduzem na oficina do escultor todos os reinos da natureza: raízes de árvores estão suspensas no ar como se do ar alimentassem as folhas perdidas, e há troncos ramosos que são crucificações ou magotes de gente apunhalada; pedras que a água, o vento e o sal trabalharam durante mil anos e um dia, até que duas mãos vivíssimas as levantaram do chão e as aproximaram pela primeira vez do bafo do homem; e dois pombos livres, de rémiges intactas, cortam a atmosfera como se estivessem num bosque ou ousassem o voo sobre um vale profundo onde figuras imóveis assistissem ao desfilar do invisível.

Cem mil objetos criados por outras mãos estão dispostos em degraus, em socalcos, em prateleiras. Cada um, porque foi encontrado, porque se deixou transportar para ali, porque tomou aquele lugar e não outro, porque foi posto em acordo ou em oposição com os que o rodeiam, é uma entidade viva, opaca ou transparente, sobre a qual a luz e a sombra se harmonizam como a noite e o dia, o crepúsculo da manhã e a tarde. As garrafas arredondam os seus bojos vazios ao lado de solitários esguios onde um ramo resseco e torcido substitui a flor. E há inúmeros tinteiros, com as mil formas que um tinteiro poderia ter sem renunciar à função para que foi criado: pirâmides do Egito, palmas vegetais, mãos abertas, caixas misteriosas que parecem de música, esferas fechadas, conchas de animais. Sobre tudo isto, os pombos voam rápidos, batendo o ar, enquanto numa gaiola duas rolas se banham na luz prateada que passa através do vidro translúcido. Esta luz vai abrir relevos numa casca de árvore que forra uma faixa de parede caiada. Nos interstícios da carapaça rugosa, líquenes secos e cogumelos mortos são, também eles, a casca inerte de uma vida ínfima interrompida.

Neste poço, nesta caverna, neste vulcão sonoro, neste gelado espaço, nesta montanha habitada por dentro — o escultor circula como o habitante único de um país onde só ele cabe e que se move devagar, como uma veia do pulso. Porque há realmente um movimento de palpitação nestas altas paredes. Entretanto, um vulto espera, barro viscoso e molhado, estátua inacabada. E ali a folha branca do papel, seca e imperiosa. Ambos serão vida na solidão subitamente povoada de vozes minerais, enquanto os pombos desenham uma espiral até à claraboia do teto.

SEM UM BRAÇO NO INFERNO

Esta expressão sisuda e seca que passeio pelas ruas engana toda a gente. No fundo, sou um bom sujeito, com uma só confessada fraqueza de má vizinhança: a ironia. Ainda assim, procuro trocar-lhe as voltas e trato de trazê-la à trela (as aliterações dos nossos trisavós estão outra vez na moda) para que a vida não se me torne em demasia desconfortável. Mas devo confessar que ela me vale como receita de bom médico sempre que a outra porta de saída teria de ser a indignação. Às vezes o impudor é tanto, tão maltratada a verdade, tão ridicularizada a justiça, que se não troço, estoiro de justíssimo furor.

Assim me afastei do caminho. Queria eu dizer que apesar deste meu ar pacato e grave, que se limita a oferecer um sorriso ao convívio das gargalhadas, também desço aos infernos. Não por gosto próprio real, mas por bem-humorado comprazimento. Quando entro naquelas obscuras furnas, entre o relampejar do órgão de luzes e o desencadear sonoro dos altifalantes, quando sinto o chão estremecer debaixo dos pés e vejo aquelas dezenas ou centenas de vultos contorcerem-se e oscilarem em lances desencontrados e afinal harmoniosos — vêm-me logo à lembrança (se a isso vou de antemão decidido, claro) os tercetos com que o Dante explicou o inferno. E acho parecido.

Mas depois (contritamente o reconheço) aquela música feroz toma conta de mim, e não tarda que a respiração se me acelere, que o pulso bata mais forte. Um pequeno estímulo

deita abaixo o que me restava de reserva, e eis-me no vórtice, sem talento, é certo, mas com grande convicção. E deste modo o inferno conta mais um danado.
Cuidado, ironia. É altura de recolheres à tua jaula, distrai os dentes num osso insensível, porque é de carne viva e a sangrar que estou falando. Beberrico o gin-tonic do consumo obrigatório e vago os olhos pela sala vulcânica, tonto pela vertigem do som. E fico a olhar, subitamente gelado. Ali à direita, no limite da pista, dança sozinho um homem.
É um velho que veste uma camisa de renda, que tem os cabelos compridos, lisos, de uma cor deslavada de louro falso, um velho que usa umas calças floridas e que dança sozinho, movendo com insolência e desafio as pernas — e um braço. O outro braço, o direito, é apenas uma manga vazia cujo punho se prende no cinto. E através do tecido quase transparente vê-se o coto agitar-se no balanço da música, com um resto de músculos que ainda não desaprenderam os gestos da antiga harmonia e seguem cegos o desamparado voo do braço esquerdo.
O espetáculo é como um soco na boca do estômago. Aquele homem desceu todos os degraus do inferno e dança sozinho contra a beleza da juventude que o rodeia (decadente, sim, mas bela), dança contra a música, contra as luzes que o deslumbram e denunciam, dança contra as gaiolas douradas onde raparigas em transe profissional marcam o ritmo de passos que parecem iguais, mas não se repetem nunca. Dança contra si próprio, dança contra o mundo todo.
Agora, sim, ironia, é a tua vez. Sai da tua jaula, ronda sorrateiramente este homem, afia os dentes gulosos, habituados a uma doméstica e ridícula pitança. Ele dança absorto, não dá por ti, por que não atacas? Chama-lhe velho, maneta, outros nomes que ele está habituado a ouvir. Ele dança, infinitamente dança, afasta-se cada vez mais. Diz-lhe adeus, ironia, enrosca-te na palha, e dorme, se puderes.
Não conheces esta música, deste bailado não sabes — e tens medo.

CRIADO EM PISA

Sempre me intrigaram aqueles livros ou cadernos de viagem, escritos a par e passo, em que pontualmente se vão anotando os casos e incidentes de cada dia, desde o bom almoço mundanal à subtilíssima impressão estética. Acho que o memorialista faz batota. E não acredito no proveito que possa tirar de uma viagem quem ande durante o dia a registar mentalmente o que há de escrever à noite, ou, pior ainda, quem desvie os olhos do Batistério de Pisa para anotar no caderninho uma interjeição ridícula. No meu modesto entendimento, não há nada melhor que caminhar e circular, abrir os olhos e deixar que as imagens nos atravessem como o sol faz à vidraça. Disponhamos dentro de nós o filtro adequado (a sensibilidade acordada, a cultura possível) e mais tarde encontraremos, em estado de inesperada pureza, a maravilhosa cintilação da memória enriquecida. E também, quantas vezes, um riso de troça, uma careta provocadora, ou uma ameaça de morte. Por tudo isto é que a crónica de hoje abre com um título ambíguo, do que o leitor fica já avisado para não me acusar a mim de batoteiro.

Criado em Pisa, por exemplo, foi precisamente o Batistério, que parece uma tiara gigantesca pousada sobre a relva verdíssima. Todo de mármore branco, vai-lhe a gente dando a volta, e às tantas damo-nos conta de que estamos a ver mal por causa de uma súbita humidade dos olhos. Criado em Pisa, está ali o Campo Santo, com os frescos de Benozzo Gozzoli, de Taddeo Gaddi, de Spinello Aretino, do Mestre do Triunfo da Morte: passaram séculos sobre as pinturas e roeram-nas com os seus dentes macios e silenciosos. E houve também bombardeamentos e incêndios, chumbo derretido, guerra.

Criado em Pisa foi o Campanário, inclinado para dar razão às fotografias e que é, para muita gente, mais uma recordação divertida do que um monumento precioso. Também criado em Pisa é este espaço poligonal que se chama Praça dos Cavaleiros (Piazza dei Cavalieri, como apetece dizer em italiano), e que à noite, liberta de turistas, dá um salto para a Idade Média e nos faz sentir intrusos e aberrativos. Criado em Pisa é o génio dos Pisani escultores, criado foi talvez em Pisa o lampadário que Galileu viu oscilar no interior da Catedral, concebida também, criada e construída em Pisa, no século XI, por um homem que se chamou Buscheto e cujos ossos se ignoram num sarcófago colocado sob a última arcada da fachada esquerda. Tudo isto, e o mais que eu não posso ou não sei contar, foi criado em Pisa.

Também criado em Pisa era aquele homem de meia-idade que nos serviu o nosso primeiro jantar verdadeiramente italiano, num restaurante forrado de más pinturas, todo em naturezas-mortas e paisagens pouco menos. Aí comemos as infalíveis massas, aí bebemos o infalível chianti, enquanto o criado em Pisa se deitava a adivinhar a nossa nacionalidade. Falhou duas vezes, falhou três vezes, e por fim dissemo-la nós. Gostou de saber. Esmerou-se no serviço, deu boas sugestões, serviu o vinho, disse gracejos. Um primor de criado em Pisa.

À sobremesa, deixou-se ficar por ali, vigilante, como se nos tivesse adotado. Todo ele era uma saudade antecipada. E quando finalmente nos trouxe os trocos da conta, não teve mão em si que não dissesse: — Ah, portugueses. Que sorte. Também nós, quando vivia Benito Mussolini.

Fitámo-lo, interditos. O criado em Pisa mirou-nos com uma expressão cúmplice a que só faltava a piscadela de olho. Respondemos no nosso italiano difícil, mas, para a ocasião, bastante claro. E saímos.

Cá fora, a Torre continuava inclinada. Mas não caíra. E esse foi o maior espanto da minha viagem.

O JARDIM DE BOBOLI

O corpo disforme de Pietro Barbino está sentado sobre uma tartaruga, de cuja boca ou bico corre um fio de água viva para uma bacia de mármore. É a fonte do pequeno Baco, a fonte do Bacchino, como lhe chamam os florentinos. Este Pietro Barbino, diz-me o livro, foi um anão que distraiu o duque Cosme I nos seus cuidados e mortificações da governança. Méritos particulares haveria, por certo, para assim o terem imortalizado e colocado à entrada do jardim, à mão esquerda de quem entra.

Falo do Jardim de Boboli, para onde dá esse fabuloso e anárquico museu que é o Palácio Pitti, absurdo museológico de onde o visitante sai enfartado e perdido. Circulei pelas alamedas, a recuperar o equilíbrio, ouvindo o murmurar das águas, descobrindo a brancura das estátuas entre a mansidão daqueles verdes toscanos, a aprender, enfim, aos poucos, já longe dos quadros, o que os mesmos quadros me tinham ficado a dever. E é na volta de uma rua arborizada que a estátua de Pietro Barbino me aparece, nua e obesa, de mão na cinta e gesto de orador. É enigmática esta figura. Algo repugnante também. Há em toda ela uma espécie de insolência, como se Pietro Barbino fosse o reflexo animal de cada um dos visitantes que diante dele param: "Não te iludas, és exatamente como eu — anão e disforme, objeto de divertimento de outro mais poderoso do que tu".

Fiquei especado diante da estátua, sozinho, durante segundos, o tempo suficiente para pensar tudo isto, mais do que isto e menos lisonjeiro do que isto. Sei bem que foram apenas uns poucos segundos, embora na ocasião me tivesse parecido que o tempo parara. Havia um grande silêncio no jardim, e um grupo de japoneses que avançava do meu lado esquerdo parecia flutuar sem peso, relampejando óculos e camisas brancas. Dei alguns passos na direção da estátua (para me ver melhor?), mas de repente fui submergido por uma avalancha de homens suados e mulheres gordas, de roupas berrantes, com ridículos chapéus de palha atados na barbela, máquinas fotográficas — e gritos. Toda aquela gente se precipitou para o Bacchino, num grande estralejar de frases italianas e de interjeições universais. E as mulheres gordas quiseram ser fotografadas ao lado da estátua nua, empurrando-se umas às outras, histéricas e convulsas, frenéticas como bacantes embriagadas, enquanto os homens riam, pesados e lentos, dando cotoveladas uns nos outros e estendendo o queixo luzidio. O gesto de Bacchino tornara-se protetor, abençoava aqueles seus fiéis peregrinos, ao mesmo tempo que a tartaruga lançava para longe os olhos vazios.

Os japoneses aproximaram-se. Ficaram alinhados em frente da estátua, graves, sem uma gota de suor, apontando friamente as objetivas. Depois reuniram-se disciplinadamente em volta do guia para ouvirem as explicações que ele lhes dava em inglês. Tornaram a olhar a estátua, todos ao mesmo tempo, falaram na sua língua e afastaram-se. Os italianos tomavam agora de assalto as escadas do museu, onde os esperava *O homem dos olhos cinzentos*, de Tiziano.

Eu fiquei outra vez sozinho. Molhei distraidamente as mãos no fio da água que a tartaruga me oferecia e retirei-me suspirando. Em português.

TERRA DE SIENA MOLHADA

(E há também aquelas palavras que ouvimos na infância, já de si misteriosas, mas que os adultos pouco letrados tornavam ainda mais secretas, porque as pronunciavam mal, com o ar contrafeito de quem veste um fato que não foi cortado ao corpo. Assim era, por exemplo, aquela tinta escura, para os móveis, a que se dava o nome de vioxene ou bioxene, e que só muito mais tarde percebi ser *vieux chêne*, velho carvalho, antigo, tisnado pelo tempo. Era o caso, também, daquela outra cor, terra sena, terra sena queimada, que eu via comprar, em pó, de um amarelo sombrio e ardente, como se fosse poeira do sol. Magníficas palavras da infância, que precisam de esperar longos anos até deixarem de ser um cego cantar de sons e encontrarem a imagem real que lhes corresponde.)

Durante todo o caminho, depois de termos saído de Perúgia, o céu foi-se aos poucos cobrindo. O dia escureceu ainda nós estávamos longe de Siena, e a chuva começou a cair com força. Fechou-se a noite em água e foi debaixo de uma trovoada furiosa que entrámos na cidade, entre relâmpagos alucinantes que deitavam fogo às casas. O automóvel atravessava uma cidade deserta. Pelas ruas estreitas, de lajedo, a água corria em cascatas. E no breve silêncio entre dois trovões, a chuva ressoava sobre o tejadilho como baquetas na pele de um tambor.

Depois de inúmeras voltas, o carro parou num espaço desafogado, junto de uns degraus. Estávamos na Praça do

Duomo. Através dos vidros embaciados, víamos vagas luzes, gente abrigada nos portais, e, para a direita, um vulto enorme, todo em faixas negras e brancas, que se perdia na noite e na altura: era a catedral. A violência dos trovões sacudia o carro, e a chuva acabou por isolar-nos do mundo. Siena recebia-nos mal. Pusemos o carro em movimento e tornámos ao labirinto das ruelas, até que desembocámos no que me pareceu uma larga cratera. "É o Campo", disse um de nós. E eu, neófito, muito compenetrado como quem põe pela primeira vez gravata, repeti, respeitosamente: "O Campo". E a chuva sempre a cair.
Molhados, fatigados, descobrimos um lugar para passar aquela noite. Não um hotel (todos estavam cheios), mas um verídico palácio do século XIII, cujas pedras gemiam água e história. No interior, porém, era simultaneamente primitivo e confortável. Havia quartos alugados a estudantes, e que era eu em Siena, senão um estudante? Abri a janela pesada e olhei para fora. A trovoada afastara-se ou viera morrer ali, e a chuva passou a cair devagar, mansa, sem o chicote das descargas.
Na manhã seguinte, depois de uma noite atormentada pela inquietação de novo dia de temporal, abri outra vez os batentes medievais: o céu estava liso e limpo, e a luz do sol, ainda rasa, mostrava-me enfim os telhados de Siena. Foi como se das antigas terras da memória uma criança viesse colocar-se ali a meu lado, um rapazinho magro e tímido, de calção e blusa. Éramos dois: eu, calado e grave, já sabedor de que em tais circunstâncias só o silêncio é sincero; ele, gajeiro que no tope do mastro grande descobre pela primeira vez a terra que buscava, murmurando a medo: "Terra sena, terra sena queimada", e desapareceu, voltou ao passado, feliz por ter visto, por ter sabido finalmente o que significavam as misteriosas palavras que ouvira dizer aos adultos, mortos na ignorância do que haviam dito.
Alguém se aproximou de mim. E eu disse, sem olhar, com uma voz brincada que se dominava: "Terra de Siena, terra de Siena molhada".

O TEMPO E A PACIÊNCIA

Se alguém me perguntar o que é o tempo, declaro logo a minha ignorância: não sei. Agora mesmo ouço o bater do relógio de pêndula, e a resposta parece estar ali. Mas não é verdade. Quando a corda se lhe acabar, o maquinismo fica no tempo e não o mede: sofre-o. E se o espelho me mostra que não sou já quem era há um ano, nem isso me dirá o que o tempo é. Só o que o tempo faz. Que me sejam perdoadas estas falsas profundezas. Nada em mim se dispunha a coxear atrás do Einstein se não fosse aquela notícia de França: no rio Saône toda a fauna se extinguiu por ação de produtos tóxicos acidentalmente derramados nele, e cinco anos serão necessários para que essa fauna se reconstitua. O mesmo tempo que envelhece, gasta, destrói e mata (boas noites, espelho), vai purificar as águas, povoá-las pouco a pouco de criaturas, até que cinco anos passados o rio ressuscite da fossa comum dos rios mortos, para glória e triunfo da vida. (E depois casaram, e tiveram muitos afluentes.)
Não iria longe esta crónica se não fosse a providência dos cronistas, a qual é (aqui o confesso) a associação de ideias. Vai levando o rio Saône a sua corrente envenenada, e é neste momento que uma gota de água se me desenha na memória, como uma enorme pérola suspensa, que devagar vai engrossando e tarda tanto a cair, e não cai enquanto a olho fascinado. Rodeia-me um fantástico amontoado de rochas. Estou no interior do mundo, cercado de estalactites,

de brancas toalhas de pedra, de formações calcárias que têm a aparência de animais, de cabeças humanas, de secretos órgãos do corpo — mergulhado numa luz que do verde ao amarelo se degrada infinitamente. A gota de água recebe a luz de um foco lateral e é transparente como o ar, ali suspensa sobre uma forma redonda que lembra um bolbo vegetal. Cairá não sei quando, da altura de seis centímetros, e vai escorrer na superfície lisa, deixando uma infinitesimal película calcária que tornará mais breve a próxima queda. E porque nós parámos a olhar a gota de água, o guarda de Aracena disse: "Daqui a duzentos anos as duas pedras estarão juntas".

É esta a paciência do tempo. Na gruta imensa, o tempo está aproximando duas pedras insignificantes e promete a silenciosa união para daqui a duzentos anos. À hora a que escrevo, pela noite dentro, a caverna está decerto em escuridão profunda. Ouve-se o pingar das águas soltas sobre os lagos sem peixes — enquanto em silêncio a montanha verte a gota vagarosa da promessa.

A paciência do tempo. Duzentos anos a fabricar pedra, a construir uma pequena coluna, um mísero toco em que ninguém reparará depois. Duzentos anos de trabalho monótono e aplicado, indiferente às maravilhas que cobrem as paredes altíssimas da gruta e fazem rebentar flores de pedra do chão. Duzentos anos assim, só porque assim tem de ser.

Falo do tempo e de pedras, e, contudo, é em homens que penso. Porque são eles a verdadeira matéria do tempo, a pedra de cima e a pedra de baixo, a gota de água que é sangue e é também suor. Porque são eles a paciente coragem, e a longa espera, e o esforço sem limites, a dor aceite e recusada — duzentos anos, se assim tiver de ser.

COM OS OLHOS NO CHÃO

O céu é todo feito de rosa e amarelo em partes iguais. O pintor esqueceu as fáceis memórias do azul e amontoou ao fundo umas névoas espessas que filtram a luz sem direção nem sombras que rodeia as coisas e torna visível o outro lado delas, como se tudo fosse simultaneamente opaco e transparente. Depois baixou a cabeça e mergulhou o rosto na terra até que os olhos, as pálpebras inferiores, os cílios arqueados e trémulos, ficassem rentes à superfície de um chão feito de pasta vegetal, limosa, e ao mesmo tempo vítrea, como um tufo transportado através de todos os ardores e frios da volta maior do mundo, como um escalpe arrancado inteiro.

E agora que se reflete na água única que cobre os olhos, polidos e macios como esferas velhas de marfim, a teia vegetal que é a única vida aquém da cor amarosa do espaço, o pintor vai minuciosamente defender da morte, do vento rápido, da inundação que derruba, os caules finíssimos, as folhas rasteiras e gordas, as cápsulas cartilaginosas, as palmas minúsculas das gramíneas. Todas estas ervas hão de ter nome nas classificações botânicas, todas hão de ter cem apelativos diferentes consoante os lugares onde nasçam e os homens que os habitem. Aqui, porém, o tempo não começou, os homens são mudos, os nomes não existem, a linguagem está por inventar. Só a mão encaminha no papel o gesto entendedor do mundo.

Um pouco para a direita, algumas folhas largas, envolventes, curvadas como pás, encerram na escuridão interior não se sabe que criança perturbadora, enquanto outra folha igual, já despegada, como se tivesse sido mordida à flor do chão, descai para trás. Mas as que estão de pé condensam uma energia insolente, uma ameaça de devoramento daquela que revira para o céu baço e morno uma face em que as nervuras já se decompõem. Entretanto, uma erva cilíndrica levanta-se como bainha donde nasce uma folha única, delgada em espada, enquanto outra folha gémea se lança para fora e para cima, apontando para fustes delgadíssimos, sustentadores de cachos leves que talvez venham a ser aveia em tempos futuros, ou já o são, sem nome ainda.

Para a esquerda, balouçam (balouçariam) sobre caules secos uma espécie de pagodes com frestas a toda a volta, uma eflorescência cor de laranja, e também uns filamentos pilosos como barbas, tudo supondo ou sugerindo promessas de destilações secretas para os grandes sonhos dos futuros homens assustados.

Pairando abaixo, sem parecer ligar-se a nenhum apoio, há um chuveiro de pequeninos pontos amarelos, que são flores, mas de que nada mais se vê que a palpitação microscópica. Poderiam ser insetos, mas esses foram excluídos daqui para que nada se sobrepusesse à serenidade, à lentidão das seivas, à permanência das fibras. Logo ao lado, nascendo diretamente da terra, folhas que parecem esfarrapadas são como as árvores que povoarão os bosques das fadas e dos duendes, quando os homens precisarem de animar de desejos e medos a impassibilidade vegetal.

Os olhos do pintor rasam agora a superfície do chão, o musgo que é a luva sobre a terra húmida, cobrindo as flatulências da água que vagamente ressumbra sob o peso da vegetação. Não há mais que ver entre o musgo e o céu, ou tudo está por ver ainda porque as ervas estremeceram todas, fez-se e desfez-se dez vezes a rede cruzada dos caules, oscilaram as folhas. Tudo estaria novamente por contar, e é impossível o relato. Guarda-se pois a imagem primeira enquanto o rosto do pintor se afunda mais, e os olhos descem ao chão vítreo, onde as raízes rompem caminho como pequenas mãos multiplicadas em dedos longuíssimos, donde nascem outros dedos mais finos, ventosas minúsculas que sugam o leite preto da terra. Os olhos do pintor descem mais ainda, estão já longe do corpo e vogam no meio da fermentação esponjosa da turfa, entre bolhas de gás, olhos ímpares que lentamente incham e depois rebentam como lágrimas. A mão do pintor passa sobre o papel, dispondo a tinta em manchas que parecem abandonos, avança com a fixidez de movimento de um astro em órbita ao longo da necessidade de uma haste de erva, volta a cobrir de mais névoas o céu ainda liso de sol e de nuvens. Entretanto, os olhos cerram-se cansados, a mão suspende o último gesto, e depois, enquanto as pálpebras voltam a abrir-se, o pincel desce devagar e depõe no lugar predestinado uma levíssima camada de tinta, quase invisível, mas sem a qual todo o trabalho teria sido falso e inútil.

    Não há nada mais vivo do que esta aguarela de Albrecht Dürer, aqui descrita com palavras mortas. Com os olhos no chão.

O MAIOR RIO DO MUNDO

Hoje tive um gesto como só os podiam ter aqueles grandes conquistadores do passado, um Alexandre da Macedónia, que podia dar o mundo todo pela muito simples razão de que era dono dele. A tanto não cheguei, claro, mas dei um rio. E se alguém, sabedor de que rio estou falando, for mexericar que não dei tal, que o rio continua no mesmo lugar e leito, tenho aqui a resposta pronta: se um dia o planeta for propriedade exclusiva de um novo Alexandre, com certeza não lhe vão mudar a órbita. Dei o rio, está dado, mas também eu não iria deixar uma paisagem órfã. E tão longe vai a minha generosidade e respeito, que toda a gente e todos os barcos continuarão a ter nele direito de passagem e navegação. No fundo, só duas pessoas sabem que o rio mudou de dono. É quanto basta.

Mas o mais importante de tudo ainda não foi dito. Caso raro é ter descoberto que com uma só cor se faz um rio e uma paisagem, é saber enfim que o silêncio se compõe de inumeráveis rumores — e que debaixo de um céu coberto, esquecido da primavera, pode nascer uma canção verde.

Ao longo do rio, enquanto o barco desce a corrente com a rápida ajuda da vara que range na areia ou crava lançadas no lodo, os pássaros invisíveis transformam as árvores em estranhíssimos seres cantores. E o mistério só se desfaz quando uma das aves assoma aos ramos que se debruçam para a água ou acompanha o barco esvoaçando, num jeito de asas trémulas em que há só temor, mas não muito, ousadia, mas não demasiada. Atrevidos, sim, maliciosos, os melros assobiam de longe e cruzam o rio no seu voo um pouco desastrado: são negros de tinta e levam o bico amarelo como se o tivessem besuntado no pólen das flores.

    Grandes nuvens escuras enchem o céu. E porque o sol só a furto aparece, há em toda a paisagem, nas cores e nos sons, uma surdina amável. O próprio tempo é vagaroso. Navega-se como em sonho, e o ar é mais espesso, retém em suspensão os gestos, as palavras breves que se trocam. E quando por um rasgão das árvores a lezíria se dilata de repente até ao extremo do mundo, há um choupo solitário ali plantado de propósito para marcar a escala, como aquela pequena silhueta colocada ao pé de um desenho das pirâmides do Egito e que nós logo vemos ser um homem.

    Então, descendo o rio que foi dado e recebido, falamos das pessoas que continuarão a vê-lo todos os dias. Daquelas pessoas para quem o rio não é paisagem nem canção verde, mas uma linha hipnotizante que as amarrou no mesmo lugar e dentro de si próprias. Falamos destas coisas gravemente, divididos entre o que só a nós pertence e aquilo em que apenas com um respeito infinito podemos tocar. Imaginamos uma longa fileira de homens que vão lançar-se em corrida, e sabemos que por uma injustiça fundamental, por um absurdo monstruoso, à maior parte deles será cortada uma perna: amargos e diminuídos se arrastarão sobre aquilo que da terra lhes é deixado. Mas conformados não, dizemos.

    A água transporta-nos lentamente. Roçam pelos nossos ombros os ramos pendentes dos salgueiros. Não apareceu o guarda-rios de peito azul. Não era preciso. Guardávamo-lo nós, como guardávamos a vida, a esperança, e este longo olhar calado.

    Aqui está, pois, o maior rio do mundo. Não há nada maior, não há nada maior.

UMA NOITE NA PLAZA MAYOR

Vai não vai, surgem-me na memória imagens doutros lugares e doutros dias, casos de viagem, atmosferas, visões rápidas ou demoradas contemplações. Se de tudo isto falo às vezes, não é sem algum constrangimento, assim como quem saiu à rua de fato novo e teme que lhe perguntem se já pagou ao alfaiate. Lá me parece (escrúpulo excessivo de consciência, que hei de eu fazer?) que o leitor sacode impaciente o livro e diz: "Presunçoso, o tipo". Mas juro que não sou. Se passo as minhas lembranças ao papel, é mais para que não se percam (em mim) minutos de ouro, horas que resplandecem como sóis no céu tumultuoso e imenso que é a memória. Coisas que são também, com o mais, a minha vida.

Infelizmente, nem tudo pode ser recuperado. Mesmo que eu volte cem vezes a Florença, mesmo que escolha o dia e a luz, não tornarei a sentir o arrepio físico (sim, o arrepio físico, no sentido literal, fisiológico, da expressão) que me percorreu da cabeça aos pés diante da entrada da Biblioteca Lourenciana que Miguel Ângelo projetou e construiu. Seria um milagre, e os milagres, se os há, são preciosos de mais para se repetirem. E não tornarei a ver no caminho de Veneza aquele sol suspenso, entre uma neblina de azeite, donde irradiavam as cores do arco-íris, mas brandas, meio mortas, como a cidade que parecia flutuar sobre jangadas e derivar na corrente.

O trabalho da memória é conservar estas prodigiosas coisas, defendê-las do desgaste banalíssimo do quotidiano, ciosamente, porque talvez não tenhamos outra melhor riqueza. É ela assim como a caverna de Ali Babá, toda fulgurante de joias, de ouro, de perfumes; ou é como arca de piratas antigos, regressada à luz do dia, que dentro dela acende as pérolas como fogos.

Agora mesmo estendi o braço e colhi um diamante negro: aquela minha noite na Plaza Mayor de Madrid, aqui tão ao pé da porta, que todo o mundo já lá foi, ou está para ir, ou não vai nunca, sim, ou não vai nunca. Mas eu tenho um diamante, que é negro porque era noite, e que cintila porque havia fogueiras.

O melhor é contar de princípio. Passou-se o caso em Dezembro, na antevéspera de um destes últimos natais, e em Madrid fazia frio, muito, e pela noite dentro havia homens que lavavam as ruas com grandes jorros de água gelada, e tudo escorria e brilhava em largas toalhas de reflexos: mas isto era mais tarde. Saímos da Gran Vía pela Calle Mesonero Romanos, depois por Rompelanzas, atravessámos Arenal e metemos por Coloreros. Os candeeiros da praça tornavam gloriosamente luminoso o nevoeiro. Aquele enorme quadrilátero parecia um poço lunar, ou uma arena onde talvez se escondessem touros de bruma. Fantasias. Era apenas a Plaza Mayor, em antevéspera de natal, com todo o chão coberto de ramos e de folhagens, e meia dúzia de fogueiras espalhadas, e o nevoeiro alto que víamos mover-se em ondas, como alguém que bafejasse contra o rio. E havia também uns sons estranhíssimos de instrumento musical (flauta? lâmina cantante? assobio de ave montanhesa?) que atroavam violentamente entre as quatro fachadas filipinas, numa festa que era ao mesmo tempo divertimento e ameaça.

Avançámos a medo, por que não hei de confessá-lo? A atmosfera era tão rara, tão inesperado o espetáculo, que de repente não estávamos em Madrid, no centro da cidade civilizada e policiada, mas sim em qualquer desfiladeiro da Sierra Morena, com personagens de Cervantes ou dos romances pícaros. Debaixo dos pés, a macieza das folhas tornava-nos fantasmas entre fantasmas. As flautas (os gritos) continuavam, e as fogueiras, vistas de mais perto, não eram afinal fogueiras, mas lampiões abafados pela névoa. Aproximámo-nos mais. E tudo (ou quase tudo) se explicou. Havia bandos de perus, e os homens que os guardavam à vista é que tocavam aqueles rudimentares instrumentos, uma guita presa numa caixa de ressonância, como aqueles brinquedos que fazíamos antigamente, com uma lata de graxa e um cordel encerado.

Tudo sem mistério. Tudo coisas banais, comuns, simples situação de homens num pacífico mester, e outra gente que os rodeava, soberbamente indiferentes aos turistas que nós éramos. Circulámos por ali, ainda não convencidos de que fosse só natural o que víamos. Nevoeiro de floresta petrificada, ramos sobre lajes, lampiões que pareciam fogueiras, homens como troncos de azinho — e envolvendo tudo isto a gargalhada multiplicada, infinita, das cordas cacarejantes e irónicas. Por força estas coisas tinham um sentido.

Descemos pelo outro lado, para Cuchilleros. Começámos a ouvir sons de palmas e de violas, os rumores tranquilizantes da noite madrilena. Mas para o céu aberto sobre a praça continuavam a subir as gargalhadas rangentes. Quem ria assim na noite arrepiada da Plaza Mayor? E de quê? E de quem?

VER AS ESTRELAS

A dama avançou entre as cadeiras, segundo uma linha sinuosa que o meneio das ancas conscientemente repetia, talvez em seu propósito para proveito e regalo dos homens que se derramavam ao sol, com as pálpebras pesadas. Trabalho escusado. A coruja ama sem discernimento os seus corujinhos, de beleza não cura, ou tem lá outros padrões. Mas ali, na piscina, entre tantos corpos escorreitos, alguma cegueira pessoal e providencial furta os olhos desta dama ao seu próprio corpo. Qualquer de nós pode ter de resignar-se ao seu corpo feio, ousar mesmo a coragem de o mostrar, mas não orgulhar-se de um corpo estúpido, como a dama que ostensivamente se deita agora na cadeira, enquanto fala a dois conhecidos, um gordo e um magro. Vão ficar ali a conversar até ao fim da crónica. Monótonos como papagaios.

Logo se vê que a dama não entrará na água, nem sequer para molhar o pé e dar o gritinho que faz sorrir os homens. Está minuciosamente penteada e lacada, de relógio e brincos, com umas suíças brunidas ao lado das orelhas, e, enquanto eu estiver explicando isto, fumará três cigarros seguidos, em gestos estudados, sempre iguais, como um animal amestrado. Para os homens que lhe servem de acólitos tem um sorriso fixo, que não sei por que artes me faz pensar na boca de um cavalo a que tivessem cortado os beiços rentes.

Odeio esta mulher. Nunca a vi antes, não sei quem é, o que faz, como se chama, mas odeio-a. Representa a estupidez que detesto, que nela extravasou para o corpo. Repare o leitor: é grossa, toda em papos mal escondidos, sem um grão de respeito por si própria. Mira as pernas complacentemente, retoca a maquilhagem. A mim, apetece-me agarrá-la por um pé, levá-la a espernear entre as cadeiras e os toldos, e lançá-la à água. Sorrio, regalado, enquanto imagino pormenores: os cavalheiros ofendidos que me pedem explicações, um deles mergulhando aparatosamente para retirar a vítima dos cinco palmos de fundo, o gerente do hotel a mandar despejar a piscina contaminada.

Deixo de olhar a dama estúpida. Recosto-me mais na cadeira, saboreio o calor, reencontro pouco a pouco a paz de mim mesmo, e olho o céu todo azul com uns leves fiapos brancos que amanhã serão nuvens e outono verdadeiro. Deixo vaguear o pensamento, forço-o a ser como aqueles jogos de caixas chinesas, umas metidas nas outras, que têm paisagens misteriosas, nunca entendidas, nas tampas douradas. Por isso é que a piscina de água transparente e a festa das cores e dos corpos desaparecem de súbito e em seu lugar surge uma terra extensa e brava, com árvores rasas, imóveis; por isso é que o sol de repente se esconde e é noite; e o meu corpo distendido muda de posição e vai agora sentado, um pouco moído da viagem longa, enquanto o vozear confuso da piscina se transforma no ruído contínuo de um motor. Viajo de automóvel por uma estrada alentejana, os faróis captam imagens rápidas de troncos e copas que a luz prateia. Às vezes, uns olhos de animal, verdes e fixos, escapam-se para o lado no último momento.

Vimos de longe, de terras estranhas, conversamos devagar, naquele tom surdo que é cansaço mas também pacífico contentamento. Toda a viagem correu bem, e agora, já tão perto de casa, nada nos fará parar: o depósito tem gasolina que chegue, a estrada pertence-nos, a condutora é prudente. Um dos amigos do banco de trás começa a trautear uma qualquer toada da região e o carro enche-se de uma pequena música simples. É bom viajar com amigos.

De chofre, o automóvel para. É uma travagem brusca, de catástrofe, que alarma toda a gente. Que foi, que não foi, a condutora abre a porta do seu lado, sai como um tufão (ela é um tufão), e ordena: "Todos para fora". Todos para fora". Aos tropos-galhopos (o carro tem duas portas, os ocupantes são quatro) saem os passageiros: "Que é? Que aconteceu?". A condutora (definição: a que leva, a que conduz, a que orienta) está parada na estrada, com o rosto virado para o céu, o braço apontado como uma seta ou como um grito: "As estrelas".

Olhamos. O céu, negro como só o azul pode ser, está alagado de luz, é um rio claro que palpita docemente, e há no ar uma espécie de frémito, que é quase um som, um zumbido interminável como se todos aqueles astros estivessem comunicando entre si numa linguagem de que só entendemos a música, mas não o sentido.

E ali ficámos, não sei quanto tempo, recebendo em cheio a luz viva do céu, no meio da campina deserta. Calados, voltámos ao carro. O motor recomeçou a trabalhar, as rodas esmagaram o saibro da berma. A viagem continuava. Virei a cabeça para o meu lado esquerdo e estremeci. Depois, num relance, olhei os amigos. Então, sorrindo como um homem feliz, voltei-me para a estrada. Passei os dedos devagar pelo rosto, como quem tateia a barba, e ouvi distintamente o estilhaçar fino da luz que o cobria.

A PERFEITA VIAGEM

Saímos de Lisboa ao fim da tarde, ainda com luz de dia, por uma estrada de trânsito pouco fatigante. Podíamos conversar calmamente, sem precipitar as palavras nem temer as pausas. Não tínhamos pressa. O motor do automóvel zumbia como um violoncelo cuja vibração de uma só nota se prolongasse infinitamente. Nos intervalos entre as frases chegava até nós o fervilhar suave dos pneus sobre o asfalto, e, nas curvas, o arfar da borracha crescia como um aviso, para logo a seguir voltar ao mesmo pacífico murmúrio. Falávamos de coisas talvez já sabidas, mas que, ao serem outra vez ditas, eram tão novas e tão antigas como um amanhecer. As sombras das árvores deitavam-se por cima da estrada, muito longas e pálidas. Quando o caminho mudava de sentido, na direção do sol, recebíamos na cara uma rápida rajada de relâmpagos fulvos. Olhávamos um para o outro e sorríamos. Lá para diante, o sol apagou-se atrás de uma colina inesperada. Não voltávamos a vê-lo. A noite começou a nascer de si mesma e as árvores recolheram as sombras espalhadas. Numa reta mais extensa, os faróis dispararam de rompante como dois braços brancos que fossem tateando o caminho ao longe.

Jantámos numa cidade, a única que havia entre Lisboa e o nosso destino. No café-restaurante a gente da terra olhou com curiosidade os desconhecidos que julgávamos ser. Mas, no meio de uma frase, ouvimos pronunciar o nome de um de nós: nunca ninguém é suficientemente incógnito.

Prosseguimos a viagem, noite fechada. Estávamos atrasados. A estrada piorara, toda em lombas, de mau piso, com bermas resvaladiças e muros que se empinavam nas curvas. Deixara de ser possível conversar. Ambos nos recolhemos deliberadamente a um diálogo interior que tentava adivinhar outros diálogos, que previa perguntas e construía respostas. E havia a penumbra de uns rostos baços donde as perguntas vinham, primeiro tímidas, toscas, e mais adiante firmes, com uma vibração de cólera que procurávamos compreender, que cautelosamente rodeávamos, ou decidíamos enfrentar propondo na resposta uma cólera maior.

Atravessámos aldeias desertas, iluminadas nas esquinas por candeeiros cuja luz morta se perdia sem olhos que a vissem. Muito raramente outro automóvel se cruzava connosco e mais raro ainda os nossos faróis captavam o cata-fogos de uma bicicleta fantasmática que ficava para trás, como um perfil trémulo perdido na noite. Começámos a subir. Pela janela entreaberta entrava um ar frio que circulava pelo carro e nos arrepiava a nuca. As luzes brandas do tablier espalhavam nos nossos rostos um luzeiro sereno.

Chegámos quase sem dar por isso, numa volta do caminho. Andámos ao redor duma igreja que parecia estar em todo o lado, já perdidos. Finalmente demos com a casa. Um barracão esguio, com duas portas estreitas. Havia pessoas à nossa espera. Entrámos e, enquanto a um canto conversávamos com quem nos recebera, a sala foi-se enchendo silenciosamente. Ocupámos os nossos lugares. Na mesa estavam dois copos e um jarro de água.

Os rostos eram agora reais. Saíam da penumbra e viravam-se para nós, graves e interrogativos. Eram aquela gente a quem o nome de povo cola como a própria pele. Havia três mulheres com crianças de colo, e uma delas, mais tarde, abriu a blusa e ali mesmo deu de mamar ao filho, enquanto nos olhava e ouvia. Com a mão livre cobria um pouco o rosto da criança e o seio, sem pensar muito nisso, tranquila. Havia homens de barba por fazer, trabalhadores do campo, operários, alguns empregados (escritório? balcão?), e crianças que queriam estar quietas e não podiam. Falámos até de madrugada. E quando nos calámos e eles se calaram, houve alguém que disse simplesmente, no estranho tom de quem pede desculpa e dá uma ordem: "Voltem quando puderem". Despedimo-nos. Era tarde, muito tarde. Mas nem um nem outro tínhamos pressa. O automóvel rodava sem rumor, procurando o caminho dentro duma noite altíssima, com o céu coberto de fogos. Só muitos quilómetros adiante conseguimos dizer alguma coisa mais do que as poucas palavras de contentamento que havíamos trocado ao arrancar. Tínhamos diante de nós uma viagem agora longa. Era um mundo desabitado que atravessávamos: canais silenciosos as ruas das aldeias, com as suas fachadas adormecidas, e logo tornávamos a romper nos campos, entre árvores que pareciam recortadas e ao pé explodiam em verde quando os faróis as perfuravam. Não tínhamos sono. E então falámos como duas crianças felizes. À esquerda do caminho, um rio corria ao nosso lado.

1ª EDIÇÃO [1996] 10 reimpressões
2ª EDIÇÃO [2022]

ESTA OBRA FOI COMPOSTA PELA SPRESS EM TIMES E IMPRESSA EM
OFSETE PELA GRÁFICA BARTIRA SOBRE PAPEL PÓLEN SOFT DA SUZANO S.A.
PARA A EDITORA SCHWARCZ EM JUNHO DE 2022

A marca FSC® é a garantia de que a madeira utilizada na fabricação do papel deste livro provém de florestas que foram gerenciadas de maneira ambientalmente correta, socialmente justa e economicamente viável, além de outras fontes de origem controlada.